EL PAÑUELO DE YERBAS
Y OTRAS YERBAS

AF192765

Ojo de Pez, 113

Nieves Fernández Rodríguez

EL PAÑUELO DE YERBAS
Y OTRAS YERBAS

BIBLIOTECA DE AUTORES MANCHEGOS
DIPUTACION DE CIUDAD REAL

Primera edición: 2025

© Nieves Fernández Rodríguez
© Diputación Provincial de Ciudad Real

Edita: Servicio de Cultura. Diputación Provincial
Biblioteca de Autores Manchegos
Plaza de la Constitución, 1
13001 Ciudad Real
Tel.: 926 29 25 75
Web: www.dipucr.es

Diseño gráfico de colección: Miguel López Vázquez/BAM
Imagen de portada: Roselino López

Coordinación editorial: Jesús Reviejo
Colección Literaria *Ojo de Pez*, número 113

Impresión: Gráficas Garrido, S.L.
ISBN: 978-84-7789-418-6
Depósito Legal: CR-40-2025

Impreso en España

MIL PALABRAS PARA NIEVES

Adentrarse en las páginas de un libro todavía inédito, ese que te han hecho llegar bien para conocer qué opinas de sus líneas, sus párrafos y sus páginas, bien para que ayudes a encontrar todas esas trampas que Titivilus[1] lleva siglos colocando entre los renglones de los manuscritos, o, tal vez, para que realices esa labor tan delicada y feliz como es la de prologarlo, tiene siempre algo de invasión de la intimidad de la persona que lo ha escrito.

Si admitimos (y qué remedio nos queda) que el libro, una vez publicado, deja de pertenecer a su autora para convertirse en propiedad de los lectores, ese momento en el que el borrador está listo, pero todavía inédito, es el último en el que la escritora será dueña del texto. Y aún así, realiza el enorme sacrificio de compartirlo con alguien más. Con algún amigo, con esos lectores amigos, que lo van a someter a la más dura de las disecciones (porque creemos que aún se puede dar marcha atrás), al

---

[1] Demonio o duendecillo a quien, en los scriptoria medievales, se culpaba de los errores de los manuscritos.

editor, siempre desalmado escrutador de cada párrafo y cada expresión.

También al prologuista, a quien se ha encomendado la tarea de principiar el libro, de construir la puerta de entrada al mismo, aunque, no nos engañemos, la mayoría de los lectores saltará la tapia. Rodeará el prólogo para empezar directamente con el texto, que es lo que de verdad importa.

Pues bien, intentemos realizar ese pequeño encargo con estos cuentos sin edad, relatos para todos los públicos, gentes y estados, que desafían las manidas clasificaciones que suele soportar la literatura. En rigor, no son cuentos para adultos, pues también lo son para niños o para adolescentes, esos mismos de los que Nieves ha vivido rodeada durante sus muchos años de dedicación docente. Cuentos como aquel "El secreto de las cinco lagunas", gracias al que compartí con ella, hace más de una década, el volumen *Los cuentos del agua*, editado también por la Biblioteca de Autores Manchegos.

Y es que tampoco Nieves tiene edad. Lo descubrimos en los patios de los colegios que asoman en los relatos de este libro, en esa construcción del relato como un juego, juego de confusión en algunas ocasiones, donde máquina de escribir y máquina de coser se enmarañan porque, al fin y al cabo, realizan la misma labor: juntar trozos de algo, palabras o telas, para construir un todo con sentido.

Tal vez sea por eso por lo que disfruta dejando, a veces, las historias abiertas, para que sea el lector el que juegue con ellas, y haga de ellas lo que le venga en gana, que para algo es el lector, el actor principal de todo relato (no os vayáis a creer otra cosa vosotros, vanidosos escritores). O por lo que juega también con las palabras, con los animales, los insectos que pueblan los recreos (mosquitas vivas, que no muertas) y las cosas que nos rodean, regodeándose en prosopopeyas que dotan de derechos a un huevo recién sacado de la nevera, o de razón y palabra al pañuelo de yerbas que da título al volumen.

De ahí, precisamente, nace lo onírico de los relatos de Nieves, el toro de sus sueños, el que se presenta en bodas y participa de brindis, y de ahí también esa creación de universos, de espacios que son, en sí mismos, un cosmos infinito, como el patio de un colegio. Cada relato de este libro es, si no siempre un universo, sí al menos una galaxia.

Galaxias de incienso, de países remotos, donde rinde homenaje a la naturaleza, y da rienda suelta a sus inquietudes humanas y sociales, llevándonos de la mano para que reflexionemos sobre la vejez que entorpece el movimiento y requiere pasamanos, la enfermedad que a todos nos afecta, la violencia, en ocasiones tan terrible que cercena el cuerpo y el alma de los personajes, hasta la ablación. También sobre la oscuridad de la depresión y el alivio que ofrece la psicología.

Y ya, por qué no, también sobre la ambición de poder, el mayor de los males a los que nos enfrentamos todos y cada uno de nosotros, un día y otro más, y que la escritora trata de hacer más llevadero en alas de mariposa o pintándolo de rojo tenue. En ocasiones, la autora se hace presente en el relato en primera persona, como testigo silenciosa, se vuelca en su propio volcado, para hacer suya cada reflexión.

A través de veinticuatro relatos, Nieves nos pasea por el periplo vital donde de todo hay: alegría y reivindicación, melancolía y nostalgia, homenaje a las personas y las cosas, a otras artes amigas de la literatura, de la mano de maravillosas ciudades y de su patrimonio, o de la música de Monteverdi. Comparte con nosotros el amor a lo suyo, a la tierra y sus costumbres, a través de la chica de los "Armaos", verdadero informe sobre la Semana Santa de Almagro, o conversando con el pañuelo de yerbas.

Y lo hace con extensiones muy variadas, con cuentos muy breves ("La máquina", de apenas una página, o "La máquina que soñaba con ser mariposa", acaso un poco más extenso, porque Nieves apura la concisión cuando de máquinas se trata), y otros más extensos ("Teatro de calle" o "Actriz y actores con clase", porque se explaya cuando habla de teatro).

Todo cabe en este ejercicio de prosa impregnado de poesía. En ocasiones porque aparecen versos, en otras porque la prosa adquiere carácter poético. Porque leer las páginas de un libro inédito no es otra cosa que preparar el alma para volver a leerlas, y esta vez sí, como dueño absoluto del texto que la autora ha dado a luz definitivamente, ha entregado desprendiéndose de él. Pero supone también una espera expectante, la de ver ese mismo libro convertido, al fin, en eso mismo: en libro. En ese instrumento del que tanto disfrutamos y tanta compañía nos ofrece, porque con él hemos sentado a su autora a nuestra mesa camilla, justo al lado de nuestro sillón de orejas.

Antonio L. Galán Gall

A José Manuel
y a nuestros hijos, Diego A. y Rodrigo M.

INTRODUCCIÓN

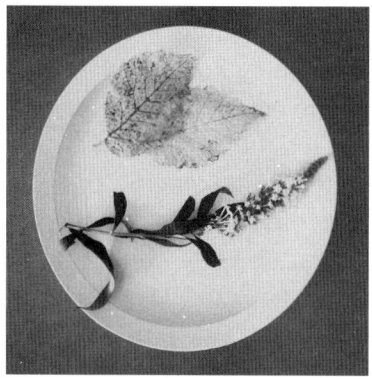

"Yo, el pañuelo de yerbas" abre, con las connotaciones festivas y folklóricas propias de su condición de pañuelo azul de cuadros, todo un conjunto de cuentos y relatos, de mayor o menor extensión, centrados en algo más de una veintena de historias variadas en lo que se ha denominado "Otras yerbas", como si de una enumeración creativa y de una necesaria comunicación autora-lectores se tratara.

La temática de todos ellos es muy variada, por tanto aborda a protagonistas como pueden ser: personas mayores y aisladas sufriendo la pandemia u otras discapacidades, como en "El aguacate", en "El sol no engaña" y en "El pasamanos". También a sus páginas acuden seres fantásticos y misteriosos que representan a otros seres que vivieron hace tiempo, o casual e inexplicablemente son ellos mismos, y nos confunden con su identidad para jugar entre el lector y la autora.

En otros cuentos, hay diferentes anécdotas vividas, bien por la infancia, bien por la juventud, con algunos relatos amorosos, bodas, juegos, o vivencias familiares como "El poema de Emma".

Hay relatos de animales como "Lo peor es el niño" o "Grupo insectil" que nos servirán, si leemos con atención, para reconocernos; o "La boda", o "Brindis", donde los toros, los insectos, las sirenas tienen su protagonismo desde la libertad. Pero también hay relatos urbanos, de la calle, de la escuela, sobre educación y el arte, incluso de corte social como "La Tetería Secreta", o de terror y suspense como "El rojo tenue", o "Lo negro", o "Violencia's"... Son las denominadas "otras yerbas" que llegan a dar cobijo, a crecer y a respirar en estas veinticuatro historias como si se pretendieran mantener en un jardín expresivo de letras y palabras.

N.F.

YO, EL PAÑUELO DE YERBAS

COMENCÉ adornando las melenas de mozas de vendimia y protegiendo el cuello de los segadores. El calor que soportaba me desvanecía y comía el color con el sudor. El polvillo de la mies segada de quien me llevaba me hacía quedar blanquecino, y aun así gozaba de una gran vitalidad de pañizuelo.

Era noble tarea aquella la de ser un pañuelo de trabajo; formaba parte del campo y sus tonalidades con mis cuadros azules, además podía contemplar las salidas y las puestas del sol.

Entre la hierba y el surco reposaba cuando a la sombra de un olivo me extendían para que mi dueño descansara también. Otras veces, en los pajares me anudaban con cuatro picos al cuero cabelludo simulando un socorrido sombrero.

Hoy soy un símbolo y me rescatan un día o dos al año para complementarme con vaqueros, camiseta blanca y el anagrama de la Pandorga de la noche ciudadrealeña del 31 de julio.

En ocasiones los componentes de las rondallas folklóricas de la región de Castilla-La Mancha me hacen bailar al son que les tocan las bandurrias, me hacen alegre por unos instantes con letras de coplillas alusivas al pueblo, a las recolecciones y a los jornales de sol a sol de antaño. Ahora, duermo tranquilo en un cajón y es una suerte, porque otros como yo son pañuelos de un día y mueren olvidados, pringaos de limoná cuando los mozos ya pierden el control de las prendas que les acicalan. A veces, al pañuelo le limitan la vida o le inmortalizan (según se mire), cuando en uno de sus picos bordan en blanco la imagen de la Virgen del Prado con la firma del pandorgo o mayordomo de fiestas de ese año. A otros los bautizan con la fecha emblemática y el rótulo de fiesta.

Creo que soy de los que tienen suerte. Soy un pañuelo antiguo, auténtico, resabiado. Antes fui pañuelo enamorado cuando una moza curtida del ayer, hoy más que abuela y bisabuela, me guardó entre tomillo y mejorana para que el tiempo y la distancia no le hicieran olvidar su amor ausente.

Me lavaron y perdí mis perfumes y un nieto me llevó sobre sus hombros de niño. Diez fotografías y una toma de vídeo quedaron como pruebas de mi paseo en la feria y de mi traqueteo al subir al tiovivo.

De nuevo, fui sacado para formar parte de un belén manchego y mis colores destacaban sobre el borreguillo de mi pastor pequeño. Hice de pañuelo mocoso pues mi niño andaba algo resfriado en ese tiempo frío.

El niño fue creciendo y mis hilos flojeando al mismo tiempo. La abuela me zurció en uno de mis picos y varias veces me tuvo que coser el dobladillo.

—¡Abuela, prepárame el pañuelo! ¡Mañana es la Pandorga!

Yo en el baúl saltaba de alegría, de alegría y de miedo. Tenía que aguantar *saludazos* de espalda de amigotes efusivos, taparme los oídos de mi tela para no oír los berridos que ellos llaman canciones. También solía ser el blanco de garbanzos y de maíz fritos cuando se lanzaban los torraos unos a otros con gran algarabía.

Una niña atrevida, quejumbrosa del calor de la noche, me dispuso a modo de pareo y jamás me vi en tales y osadas circunstancias desde que la abuela me acercaba a su seno para oler mis briznitas de plantas aromáticas.

En otra ocasión, una repentina hemorragia de uno de la panda de quien me hubo heredado hizo que me utilizaran como torniquete y aun serví para limpiar la sangre de su nariz.

La última Pandorga y tras correr con la luz apagada a los gritos de «¡Qué viene, qué viene!», fui pisoteado por un aluvión de jovencitas nerviosas y asustadas temiendo la llegada del toro de fuego.

Trasnochar en esa noche larga castigó mis ganas de juerga y diversión. Una chispa cayó en el centro de mi perfecto cuadro y agujereó mi ya trabajada existencia. Yo ya no estaba para estos trotes y quise volver a mi baúl de la abuela romántica, pero el nieto tomó una garrota de otro amigo ataviado y me vi obligado de hacer de bandera hasta la madrugada.

Mi solución, una pieza cosida con cuidado, aún estoy a la espera, pero sé que un pañuelo nuevo de la pañolería es más cómodo, rápido y barato.

Sin embargo, la solución del nieto era dormir la mona que la zurra fresca había causado. Junto a él la garrota y yo, con mi agujero, sin esperanzas ya de volver otro año a las andadas.

Y OTRAS YERBAS

LO NEGRO

NO sé cómo ocurrió, o cómo comenzó esta oscuridad bruta, esta sensación de que la luz se pierde paso a paso, día a día, minuto a minuto. No podría explicar el primer asombro, el primer requiebro, la primera prueba de que el cambio había comenzado, tal vez fue con alguna crisis de esas que predicen los psicólogos a una edad concreta, pero si hubo crisis no coincidió con una edad concreta, siempre tuve la sensación de que me acompañaba en todas las edades.

Sí, he debido atar cabos, muchos cabos sueltos, hasta llegar a la conclusión que dentro de los nudos, de los nudos más apretados e inflexibles, se descubría que lo oscuro y tenebroso comenzó en la niñez y ya no he podido despegarme de ello. Sin embargo, reconozco que no era entonces consciente, aparentemente yo era feliz, eso sí, aparentemente, muy aparentemente, porque si profundizabas en la herida, entonces las sombras aparecían siempre. Los juegos, la calle también se acompañaban de lo oscuro, a pesar de que los ojos tenían toda la luz aprisionada en la retina, pero lo oscuro y negro me ha acechado siempre como una maldición, como una bendición que gusta de jugar a sombras y escondidos amaneceres. Antes no lo sabía, creí que la luz jugaba al escondite con la luna y que luego la luna bajaría a por mí a liberarme, pero los años se fueron prolongando, tomándome el satélite la luz que guardaba en mis sienes, y llevándosela de nuevo a sus cuartos crecientes y menguantes, sin dejarme a mí un lugar ni siquiera chiquito donde esconder mis ilusiones, esas que se acompañan de chispas de luz o de fulgor para recibir lo que el destino nos viene dando y repartiendo en toda su amalgama de suspiros.

¡Ay, la infancia! Siempre será engañosa, ella cree que te engaña para que crezcas con ritmo de avecilla o de gacela, para que vayas pasando de tramo en tramo, de verano en verano, apenas sin saber que justo en la primavera es cuando se sujetan y cierran las ventanas para atrapar la luz y no soltarla, porque de eso se trata, de no soltar la luz que ilumina tu frente, pues si la sueltas, soltarás también esa inocencia que te acompaña en tus primeros años.

Y entre cuarterones de pan con chocolate vas engañando a la vida o la vida te va engañando a ti en cada juego, en cada trocito de secreto que descubres, en cada ofensa que recibes, en cada comentario que te hiere y, al final de esos años ampliamente iluminados, llega de nuevo la oscuridad a hacerte mella, signo vital de que la vida continúa a la par de ti. Al principio llega por las esquinas, como una rata mezquina que se mete debajo de tu piel y nadie hay para ayudarte a defenderte de ese bicho malvado y maloliente, ella viene también de lo más negro, y comienza a llevarse lo más claro de ti, es cuando comienza la lucha entre el bicho de rabo largo que no es otro que el tiempo y tu inútil manera de acapararlo, entonces no lo sabías, hoy ya sabes que el proceso es inútil.

No se dejará acaparar, ni siquiera podrás cogerlo, aunque eso sea lo más preciado que tengas en los siguientes años, tú no sabías nada, era imposible que el sol amaneciera solo para ti, y en realidad así era. Tenías todo el sol para ti, todos los rayos se acomodaban en ti, en tu regazo, en tu figura virginal de pelo largo, en tus inquietas piernecillas de palo buscando las rodillas casi siempre desconchadas, nunca las encontraban, las piedras se reflejaban en tus grandes saltos, pero la luz estaba ahí, era una luz bestial, a lo bruto también. Ahora lo sabes pero antes pensabas que era una luz normal sin estridencias, es curioso cómo lo que sabemos en el presente nos transforma, más bien para mal que para bien, el siniestro pasado, es una trampa, una trampa más de lo que la vida nos tiene reservado.

Soy consciente de que entonces la luz lo irradiaba todo, pero si accedo a aquellos recuerdos, a las callejas de hierba fresca y de niños sin miedo, la luz se me torna invisible y el gris comienza a cercarme a toda prisa, debe ser como jugar al espacio y al tiempo en una relatividad *einsteniana* carente de misterio. Es la luz o yo, es la sombra o yo, nada más, nada menos. La luz escondiéndose a ritmo de segundos, burlándose de mí en cada resquicio de mi cuerpo o de mi alma.

EL PASAMANOS

EL carpintero sufrió lo indecible para aparcar en aquella calle estrecha, con el largo pasamanos que portaba en la baca del coche. Cuando llegó al número de la calle anotado, lo descargó y lo colocó en posición vertical para llamar al portero automático.

—Calle Maslow, número cinco —se aprendió.

—Ring, ring…

Tras largo rato esperando, que le provocó unos minutos de impaciencia, así como llamar varias veces, se escuchó una vocecilla que respondió:

—¿Quién es? ¿Eres tú, Violeta?

—No, señora, soy el carpintero, y traigo el pasamanos.

—¿Un pasamanos, dice? Yo no tengo escalera. Esto es un piso y no tiene escaleras…

—Vamos a ver, señora, yo tengo apuntados aquí dos nombres: Mercedes y Violeta, como contacto. ¿Es usted Mercedes o Violeta?

—Sí, yo me llamo Mercedes, ¡qué casualidad!, y tengo una nieta que se llama Violeta, ¡otra casualidad!, pero ella no está aquí, viene por aquí de vez en cuando. Está en la Universidad, está estudiando Medicina, ¿sabe? ¡Es más lista! Pero, ¿por qué estoy yo aquí hablando de mi nieta a un desconocido por el pinganillo?, anda que…

—Señora, ábrame usted y hablamos.

—No, no le abro, no abro a desconocidos, debe ser solo una casualidad que usted pregunte por nuestros nombres, yo no necesito un pasamanos, ni siquiera tengo escalera… Bueno, sí, tengo escalera de mano, pero, desde que me caí alcanzando una manta, ni la utilizo…

—¡Vaya tela!

El profesional de la madera buscó su móvil y marcó un teléfono… El de Mercedes.

—¿Dígame? —respondió la anciana tras varios tonos de llamadas.

—Señora, soy el carpintero y le traigo el pasamanos, ¿ve como si es su teléfono?

—Pero, ¿qué pasa?, ¿también por teléfono me atosiga? ¡Habrase visto! Pues le voy a colgar, ¡hala!

—Señora Mercedes, llame a su nieta Violeta, por favor, ella sabe…

Pero Mercedes ya había colgado.

El carpintero miró hacia arriba, miró hacia abajo, resoplando, esperando encontrar ahí una respuesta para ver cómo convencía a la señora Mercedes de que le abriera la puerta. Y de nuevo insistió en pulsar el timbre, sin embargo Mercedes no respondió. Casualmente, salió en ese momento un vecino a quien tuvo que explicar que llevaba un pasamanos para el pasillo interior de la señora del tercero. Y le dijo su nombre.

El vecino no hizo mucho caso a la explicación, parecía llevar prisa, por lo que el carpintero aprovechó para subir a la tercera planta y llamar de nuevo, esta vez ya al timbre más directo de la casa.

Mercedes apareció pasado un buen rato y, con la puerta entreabierta, limitada con una cadena metálica, dijo:

—Ya le he dicho a usted que lo de los nombres es una casualidad, yo la única escalera que tengo es de mano…

—Señora, escúcheme: El pasamanos que traigo no es para ninguna escalera, es para ese largo pasillo que tiene usted ahí. Se lo regala su nieta Violeta para que no se caiga más.

—¡Ah, bueno, si es eso, pase usted y perdone! Es que los mayores estamos muy despistados y creemos que nunca necesitaremos pasamanos de estos nuevos, pero le felicito por su buena idea, así no tendré que ir agarrándome más a las sillas.

EL AGUACATE

LO compré una semana antes del encierro, y encerrado lo dejé en la nevera hasta que se me ocurriera hacer con él una ensalada o un guacamole.

Mi hijo me dijo que el aguacate era un superalimento, pero a mí nunca me gustó demasiado su sabor. Y precisamente, pensando en él, en mi hijo, lo compré. Quizá a través de un guacamole o de una ensalada de frutos cálidos de invierno me haría revivir algunos momentos que ahora que lo tenía lejos, echaba de menos.

Cuando comenzó el encierro tuve que aligerar el cajón de fruta de la nevera y el aguacate salió al frutero. Todos los días en la sobremesa, que es cuando más se echan de menos a los hijos que se han ido, o que les pilla una pandemia lejos, miraba su verdor y me daba por pensar en que se lo pelaba y troceaba a mi hijo, el del superalimento.

Y en otra sobremesa de esas, de echar de menos, decidí que ya era hora de preparar una refrescante y primaveral ensalada de aguacate con aquel aguacate: Tomé unos tomates, los troceé, con el aguacate hice lo mismo, después le piqué un diente de ajo, que dicen que es antiinflamatorio y antibiótico, pues por si acaso me curaba el infecto que no sabía si tenía…, después le eché un poco de aceite, un poco de sal, un poco de zumo de limón, y me fui hasta la terracilla para arrancar unas hojas de yerbabuena de una maceta que tengo olvidada, pero que de vez en cuando me da satisfacciones de buen aroma y gusto, (oye, para las lentejas son de lo mejor, para las ensaladas, ni te cuento).

Y con el punto maravilloso de la yerbabuena, me cené ese asqueroso y soso aguacate en ensalada, que tan buenos recuerdos me traía de mi hijo, aunque tengo que decir que disfruté mucho más con el tomate, el ajo y el aceite. ¡Lo que no se haga por los hijos!

Y como si el aguacate hubiera sido adivino, nada más terminar de comérmelo, llamó por teléfono mi hijo, esta vez para darme las malas noticias de que no había fecha por ahora para volver desde el país en el que estaba él también confinado.

Mientras yo hablaba y lloraba tenía en una mano el teléfono móvil y en la otra el enorme hueso de aguacate, ¿se han dado cuenta de lo grande que es un hueso de aguacate?

Lo manoseé con gusto con mi mano izquierda, mientras las emociones y las palabras salían disparadas. Me acordé de las bolas chinas de la salud que me cayeron de regalo en una lejana Navidad, ¡preciosas!, ¡qué ironía, bolas chinas y de la salud…!

Recordé esas bolas, relajándome, al poco de irse mi hijo al extranjero y entendí que el gordo hueso de aguacate, podría ser ahora mi bola china del relax.

Durante días, tomé la gran semilla, no me separaba de ella para nada, hasta para acostarme, ese hueso me acariciaba la palma de mi mano, y cuando los párpados iban venciendo al nervioso y cruel insomnio, tenía yo el cuidado de dejar mi gran hueso debajo de la almohada.

Un día decidí que aquel aburrimiento de girar y girar con las manos la semilla tropical hasta acostarme me podría salir caro y opté por irme, no penséis que muy lejos, ni por falta de ganas, opté por visitar de nuevo a mi planta de yerbabuena en su terraza.

Estaba a rebosar de primavera, las hojas me pedían hacer tres o cuatro peroles de lentejas, o quizá tres o cuatro ensaladas tropicales, pero no, esta vez no visité yo la lejana y preciosa terracilla para admirar a mi olvidada yerbabuena, esta vez yo tenía otras intenciones. Tomé una vieja maceta rota de barro, creo que en algún momento albergó unas florecillas, unas petunias o unas buganvillas, no sé, pero con mis consabidas malas artes en jardinería, recuerdo que al poco tiempo se secaron las flores.

Removí la tierra, le metí una aspirina espolvoreada, no me podía olvidar que andábamos en pandemia, puede que aquella tierra necesitara como yo de alguna medicina. Preparé un pequeño volcán en la maceta, introduje la gran semilla manoseada del aguacate y tapé con la tierra, convenciéndome de que aquello crecería por doquier.

Lo que pasó a continuación, ya lo saben ustedes: una alarma, otra alarma más, una prórroga de la alarma, otra prórroga encima de la alarma, una fase que adoptamos, otra fase más que no aceptamos, mascarillas de todos los tamaños y colores, y meses, muchos meses que desaparecían en casa sin que nadie viniera ni cambiara nada. Bueno sí, por las tardes aplaudía con ganas en mi terraza, en la misma terraza que tenía mi yerbabuena y mi escondida semilla gigante de aguacate, supongo que tan estéril como todas aquellas tardes.

Puede que las dos macetas pensaran, en el caso hipotético de que las macetas piensen, que los aplausos eran para ellas, creo que incluso un día hablé con ellas muy seriamente, tras aplaudir a las ocho de la noche, con mucha fuerza a los médicos, enfermeros, auxiliares y cuidadores, y les dije:

—Mis queridas macetas: sabéis que no soy una persona experta en plantas ni exóticas, ni tropicales, ni de África, ni de Centroamérica; por cierto, lugares desde los que no me llegan nunca buenas noticias del telediario…, y a pesar de no tener experiencia, os tengo que decir que mis aplausos de la terraza son para ellos, para los trabajadores de la sanidad y otros colectivos que hacen posible que sigamos viviendo. Pero eso no quita que alguna palmada vaya para vosotras, es que entre vosotras y yo: no hay ningún otro ser vivo en casa, y no penséis que no lo echo de menos, vosotras, mis dos plantas vais a conseguir que hasta me guste la jardinería.

Definitivamente, estaba rayando en la locura. Hablar con plantas era un detalle que no me había pasado nunca. Mi yerbabuena parecía entenderme, mi semilla escondida ni se inmutaba, es posible que nunca naciera a este mundo hostil que los humanos y sus trampas naturales o humanas habían preparado.

Luego llegó el desánimo, hasta dejé de regarlas un día, hasta dejé de aplaudir en la terraza, ni para sanitarios, ni para agricultores, ni para camioneros, ni para plantas... Ya sé que ellas no tenían culpa de nada, pero las sobremesas se hacían muy dolorosas y pesadas y el teléfono, aunque llamaba casi todos los días, no era un gran aliciente, yo disimulaba y él disimulaba. Encima llegó el buen tiempo y el sol se empeñaba en salir a tutiplén, como para recordarnos que el reloj de nuestras vidas y de las estaciones seguía su marcha.

Luego llegó otra semilla, la de la tristeza y, aunque intenté por todos modos volver a lo positivo, a los ánimos que llegaban a través de las pantallas, caí en una depresión leve, ¿leve?, apenas comía, apenas dormía, apenas aplaudía, apenas observaba ni hablaba con mis plantas.

Un día me quedé en la cama. Durante diez días, me levantaba, comía alguna fruta de las que me gustaban mucho más que el aguacate, como naranjas y manzanas (menos mal que compré suficientes para estar semanas sin salir a comprar), y otra vez a la cama…

Un día me dije que debía salir a la calle, no podía seguir así, ¡y qué casualidad!, por la radio supe que nos habían puesto a todos horario de salir a pasear en la ciudad.

Salir a pasear es importante. Antes no lo parecía.

Me asomé a la terraza, pero no vi nadie, pude ver, eso sí, a mi yerbabuena exuberante. Además, creo que había llovido, quizá el agua había traspasado a la terraza, pero, ¡cómo!, ¿qué estaba viendo?, orilla de la maceta africana del buen olor, como yo la llamaba, había otra, de un tallo recto y fuerte, como deben ser siempre las personas, y alto de unos cuarenta centímetros, y al final de ese tallo tieso y saludable, me encontré tres preciosas hojas.

¡Salté de alegría!, ¡aplaudí con ganas!, aunque sé que ya se habían acabado los aplausos de los balcones y las terrazas hacía tiempo.

Toqué las hojas aromáticas y las nuevas recién nacidas y tropicales. Me sentí tan bien que corrí a llamar a mi hijo para decirle mi gran logro, ahí sí hubo sinceridad, en mi explicación de que no me pasaba nada desde hace semanas, la hubo menos.

Pero ya había conseguido las tres cosas que una vez algún iluso y pesado le había puesto a los seres humanos como deberes para hacer en su paso por la tierra, a saber: tener a mi hijo, escribir, escribir un poco mi experiencia a modo de relato, aunque no sea un gran libro y plantar un precioso árbol de aguacate que me alegraría las siguientes tardes. Misión cumplida: hijo, libro, árbol.

Fui por agua a la cocina para regar mis plantas, y despedí a algunas cosas malas que ya me estaban cargando demasiado.

Salí a la calle a andar, primero despacio, luego muy rápido. Mi hijo me comunicó que ya podía volver de su confín. Y la vida se abría paso en aquella maceta mágica regada algunas tardes con mis mejores aplausos.

Y, ¿el árbol del aguacate?, pues ha crecido y se ha hecho muy amigo de la yerbabuena. Ando a la espera de que le salgan frutos y de que venga un avión desde un país lejano que abra los cielos.

UN SOMBRERO Y UN BASTÓN

CHARLOT se apresuró a doblar la esquina. Primera a la izquierda y segunda a la derecha.

Fueron las indicaciones cuando preguntó sobre el lugar donde podría comer. A medida que se acercaba, la hilera de gentes con paso apesadumbrado se hacía más y más continua. Charlot pudo darse cuenta de que todas esas personas tenían algo en común: la pobreza. Él sabía mucho de eso. Su infancia no pudo ser más pobre, sobre todo a partir de cuando faltó su padre. Ahora estaba allí, al cabo de casi los cien años, rodeado de indigentes. Él mismo era un indigente que no había reparado en ello. El traje de Charlie Chaplin lo delataba. No era más que un "charlot" venido a menos o venido a igual que eso nunca jamás se supo.

En la puerta, un gran rótulo coronaba la entrada: "COMEDOR SAN JUAN DE DIOS". La cola se hacía más y más densa. Charlot se atusaba el bigote al tiempo que su nerviosismo se aliaba con su bastón y no dejaba de dar vueltas hasta que llegó al umbral. Al vagabundo de delante le vaciaron los bolsillos del abrigo mortecino. Un tetrabrik de vino barato fue todo el botín del vigilante que, inmediatamente, pasó a mejor vida en un esportón de la basura. El pobre protestó porque el envase estaba recién abierto pero se le amenazó con la elección del vino o la comida caliente. Afuera hacía frío. Ese día eligió estar dentro.

A Charlot le miraron con ojos de asombro.

—¿Eres nuevo? —interpeló el portero.

Charlot asintió sin decir palabra. Después le ofreció cambiar su indumentaria por ropa limpia usada, pero se negó. El portero comprendió que ese traje lo ayudaría mejor a la vida en la calle y casi se arrepintió de haberle dicho nada. Después inspeccionó sus blancas manos, propias de un recién salido de un film de cinemascope. Le requisó el bombín y el bastón durante la comida y con una sola palabra lo animó a entrar:

—¡Bienvenido!

Charlot se acercó al dispensario. Como cualquier vagabundo buscó con el olfato el tufillo del guisado y, de nuevo, guardó la vez. El olor de las lentejas se hallaba en pugna con el de humanidad del comedor. A ratos ganaba uno pero a retaguardia atacaba el otro. Charlot se acomodó junto a una joven pálida que no tardó en preguntarle:

—¿Eres actor?

Charlot negó con la cabeza de forma inmediata. Un viejo que lo escuchó le propuso cambiar el traje por unas cuantas corbatas que había encontrado abandonadas en una boca de metro.

—Si las vendes podrás comprarte uno mejor.

Charlot tenía hambre y negó de nuevo. A su espalda, una vieja gritó:

—Estas son lentejas. Si las quieres las comes y si no... —Se detuvo por unos instantes.

—¡Las dejas! —corearon la gran mayoría de los comensales.

Un toque de silbato hizo callar al montón de pobres hambrientos que, viendo peligrar su plato caliente, decidieron comerlo con más tranquilidad.

Charlot acabó pronto la ración y quiso marcharse al instante pero una voz lo detuvo:

—¡Eh, tú, Charlot!

Volvió la cabeza y se encontró con un rostro blanquecino por los talcos, con unos ojos exageradamente pintados y unas lágrimas negras dibujadas sobre las mejillas. Una gran sonrisa artificial le agrandaba la boca. Charlot también sonrió. El payaso preguntó cuál era su esquina y su portal, como quien pide la dirección, pero él pareció no entender nada y no contestó. Se limitó a salir de allí cuanto antes. Su andar característico le jugó una mala pasada. Un pobre burlón se entretuvo por debajo de la mesa en atarle entre sí los cordones de sus grandes zapatones. Charlie cayó al suelo ante la hilaridad de los comensales. Sentado sobre el pavimento de madera se atusó el bigote y deshizo la broma y el nudo con rapidez. Chaplin quiso pagar las lentejas y de nuevo la risa fue general. El vigilante lo miró con compasión y le ofreció el bastón y el sombrero.

A pesar de las bromas, Charlot salió a la calle con otro semblante. Tenía ganas de conocer un poco mejor la ciudad donde se encontraba. Un perro lo siguió. Era casi como su Chic. El animal miraba a aquel transeúnte con ligeras inclinaciones de cabeza, como si esperara la conformidad para hacerle compañía. Ambos se perdieron entre las calles de un Madrid algo desierto a mediodía. El perro lo ayudó a cruzar semáforos y a caminar por el centro. Cansados, buscaron el apoyo de una farola y se sentaron frente a unos carteles gigantes que anunciaban los últimos estrenos de cine. Charlot se hallaba boquiabierto mirando aquellas imágenes tan grandiosas y atractivas. El perro ladró. Charlot no entendió el reclamo a la primera. Comprendió que quería decirle algo sobre su sombrero. Charlie lo había dejado hacia arriba a modo de pequeño recipiente y los viandantes lo estaban llenando de monedas. Charlot sonrió a la sonrisa caritativa del momento y se levantó para dar vueltas a la farola con el perro al tiempo que giraba su bastón como a él siempre le gustaba hacer.

Quiso pasar a uno de esos cines que lo asombraban casi tanto como esa ciudad caritativa pero le pusieron impedimentos a su traje y al perro. La tarde pasó observando los fotogramas de las películas que allí se anunciaban. Al menos eso fue divertido. Las luces de la ciudad quisieron sacarle de sus sueños. En sus grandes bolsillos tintineaban las monedas recogidas en la farola y, como de nuevo tenía hambre, buscó un buen restaurante para cenar. Hoy se lo podía permitir, mañana...

Charlot entregó su bombín y su bastón con aires de gran señor al camarero. Quiso acomodarse en la mesa de una joven que le recordaba a Edna y que comenzaba a dar buena cuenta de su menú. Charlot le sonrió y obtuvo por respuesta otra sonrisa pero enseguida el camarero le indicó la mesa de al lado para sentarse. Charlot hizo intentos de nuevo de sentarse con ella, de una forma muy pícara. La joven reía la gracia y accedió a la compañía. Charlot era feliz. Su voraz apetito no esperó a que le trajeran la ternera estilo Felipe II que había pedido. Se limitó a colocar las monedas sobre el mantel y a probar el pollo relleno de manzanas y nueces de su amiga, guardando, eso sí, pequeños huesecillos para su perro.

La joven reía con ganas sus mimos. Charlot besaba su mano colocando entre sus dedos unos programas de cine de primeros de siglo con la firma de la Keystone Comedy en títulos como *Una vida de perro* y *Cruel, cruel love* para comprobar que Edna lo había reconocido.

LA MÁQUINA QUE SOÑABA CON SER MARIPOSA

LA naturaleza extendida en cada ápice de vida sonreía a la espera del agua aliviadora, pero el hombre no sabía fabricarla y en su lugar enviaba la máquina que defiende la utopía del poder y la frontera. La máquina se movía al son de unas mentes carcomidas, de unas manos que son puños, de un corazón tan frío como el acero con el que está formada. Ella era la herencia de un pasado que se hacía presente en todo tiempo. Ahora dirigida por unos, mañana tripulada por otros, pero siempre manejada, manipulada por el cerebro humano y por la mano diestra. La máquina devoraba la riqueza natural que daba la tierra, el aire perfumado de esencias coronadas, el silencio del tiempo, transformándolo todo y rompiendo el orden establecido, la armonía de formas, la textura de tonos y el color de la tarde. La máquina dejaba la huella inquebrantable con sus humos de escape, con sus pesados miembros tejidos de hierro moldeado. Profanaba el aire respirado con mezclas de materias que enviciaban la tarde. Falseaba la imagen del cielo despejado con unas nubes grises negruzcas a la luz y al pensamiento.

Ponía límite a lo que hasta ahora había sido ilimitado. La tierra, como la prisionera que en su propiedad no es respetada, sufría en sus adentros el ritmo atroz impuesto, y gritaba su libertad perdida. La máquina no escuchaba. Era calculadora. Era razón de peso y habían de sucumbir ante sus exigencias. No transformaba nada, su existencia era inútil y ella lo ignoraba, había que pensar en el futuro cruel para llegar a amarla como quien ama el muro que tapa lo voraz.

En la sombría tarde la máquina pedía mil vidas pasajeras, de esas que no dan nada porque el hoy no es mañana y este es el emblema de sus actos; ellas les fueron dadas. Pedía un rincón en la llanura como lugar de ensayo y empresas calculadas y él no le fue dado. Otras vidas contaban que no tenían nada en común con el hostil cerebro de toda la masacre; otras vidas que querían mirar al cielo limpio, al aire respirable, al color de la tarde y al silencio de vida. Sin embargo, ¿cómo desaprovechar esta vasta llanura?, ¿cómo no sembrar progreso en lo olvidado?

Y la voz de las gentes gritaba en desamparo:

"¡Es nuestro rincón! Ideal para la vida, vuestra máquina mata las mariposas. Es la muerte".

Y los mil hombres se inventaban múltiples medios de seducción:

"La máquina es tan hermosa que se puede comparar al sol".

"Ella os da la vida que quebrantan los otros»

Y las gentes vestidas en la humildad de un día no escuchaban las voces, sí la llamada de la tierra querida:

"Vuestra máquina mata las mariposas y el pan de nuestra hambre".

Los mil hombres no escucharon sus palabras, ellos eran el poder.

HE DE FELICITAR AL MAÎTRE

GNORO qué platos habían servido hasta ese momento, platos que todos habíamos degustado. Re-cuerdo, eso sí, cómo se introdujo el cochinillo asado: grandes bandejas capaces de soportar los golpes de los platos trinchantes, osadía al servir las raciones acompañada de generosidad con las patatas panaderas de una abundante guarnición.

A punto estaba de probar ese manjar dorado, jugoso y aromático, cuando las notas de unas cuantas dulzainas y tambores interrumpieron mi propósito.

Los comensales dejaron reposar los cubiertos y algunos hasta se pusieron en pie.

El grupo musical avanzó hacia el centro de la sala, justo enfrente de la mesa familiar y anfitriona donde se encontraban, muy sonrientes, los recién casados.

El colorido de los trajes del grupo hacía resaltar la acertada decoración de aquellos muros.

Los aplausos de los invitados no se hicieron esperar en el ameno almuerzo.

En nuestra mesa levantamos las copas de un valdepeñas agradecido del ambiente creado en el local.

Tras un brindis algo alocado, bajé al mismo tiempo el vidrio y la mirada al borde de la mesa. Me estremecí al comprobar que Óscar no estaba con nosotros. Di la voz de alarma. ¿Dónde podría haber ido? Hacía solo un instante que me había pedido una rebanada de pan para entretenerse con las miguitas. Después, me había despreocupado durante unos segundos, los segundos del brindis, con la confianza de que él ya había hecho su comida en el tiempo de los entremeses.

Éramos ya varias personas buscando a Óscar entre las mesas, preguntando a los camareros; hasta en la cocina pude ver, entre cacerolas y paletas, los restos de un cochinillo que ya se me había indigestado, sin apenas probar bocado.

Las dulzainas no habían terminado de tocar. Los comensales reían al tiempo que daban buena cuenta del asado y del vino. Solo unos pocos rostros, los nuestros, impedían que el color que solo saben dar las buenas viandas llegara hasta sus pómulos.

Desesperados, por esos crueles minutos que parecieron años, volvimos nuestros ojos cansados por la búsqueda hacia la música que envolvía el recinto. Allí pude comprobar que, entre los músicos, había un dulzainero que destacaba de los demás por su corpulencia. Me extrañó que este hombre no tocara. Cuando se dio la vuelta, vi que estrechaba entre sus brazos un bebé medio tapado con el gorro rojo de la indumentaria musical del grupo. Era Óscar, nuestro Óscar, inútilmente empeñado en hacer resoplar aquella dulzaina, sin conseguir emitir sonido alguno.

Esperé que acabara aquella actuación, por un momento, eterna para recuperarlo.

Cuando volví a la mesa con el niño agarrado y bien agarrado, el cochinillo que dejé ya no era el mismo: Se quedó como yo, algo asustado. Por más que lo probé, no me supo al aroma de hechizo de cuando lo sirvieron. Lamentablemente las patatas se enfriaron también, al tiempo que, por fortuna, los nervios. Nuestros corazones y estómagos reposaban ahora de los vuelcos causados a ritmo de tambor y de dulzaina, ritmo que se quedó para siempre en los techos y paredes de aquel restaurante en forma de eco.

Los postres recobraron la calma.

¿Dónde puedo encontrar dulzainas de juguete? ¿Y asados parecidos? He de felicitar al maître.

LO PEOR ES EL NIÑO

ACABO de llegar. Atravieso las brillantes baldosas sin pereza. Solo el silencio acompaña mis menudos pasos. Todo está limpio. Demasiado limpio para mis nervios. En la entrada no hay nada que merezca la pena. Todo impoluto. Se diría que nadie vive aquí. Continúo mi estrecha vigilancia. No tengo más remedio.

A la izquierda, la puerta me atrae con su luz de rendija. Me asomo. Nadie. Es una falsa alarma. Se han debido dejar la lámpara de sobremesa encendida. Entro siguiendo ese halo de luz y recorro la pequeña y, a la vez para mí, gran estancia. Cuadros, reliquias, diplomas, librerías. Es gente culta y, por la luz, gente también olvidadiza. Sobre la mesa, una pluma sobresale del borde con algunas cuartillas. Han debido salir inesperadamente. Tengo más pruebas de que han salido aprisa. Me voy de aquí. Nada de esto podría interesarme. Continúo por el pasillo casi a oscuras. El canto de algún pájaro me hace caminar con más desorden. Si hay pájaro, no deben estar lejos, los víveres entonces deben estar seguros. Las notas del triste pajarillo me hacen andar con más aplomo y optimismo. Atravieso una puerta de cristales. El salón se adivina amplio. En esta casa deben vivir al menos cinco o seis personas. Desgraciadamente, la jaula está en la terraza y el pájaro, doblemente encerrado, en la jaula y tras la puerta infranqueable de aluminio. Mala suerte. Me conformaré con escuchar su canto con la esperanza de encontrar alguna vez la puerta abierta.

En el salón no guardan los manteles. Ya lo he averiguado en sus cajones. Ni una miga. Solo papeles que a mí nada me importan y recuerdos de viajes que seguro todavía están en la memoria del mayor viajero de la casa.

Continúo el paseo de reconocimiento buscando el mejor rincón para intentar pasar desapercibida. Creo que se oyen golpes. Mientras no enciendan luces, yo seguiré mi marcha.

Este debe ser el cuarto de baño, por la mezcla de olor del desinfectante con el perfume. Difícilmente encontraré aquí lo que busco. Unas gotas de agua hacen que al dar la vuelta me resbale. Salgo cuanto antes de allí.

Otra puerta abierta. La colcha que descansa sus bordes en el suelo me reclama. Debe ser el dormitorio de los padres o el más grande. Es cómoda, limpia y de gran colorido. Estoy cansada. Hoy he corrido mucho. Me parece excesivo y peligroso para mis circunstancias. El cabecero de la cama tiene un pequeño estante. Sobre él reposa una caja de terciopelo rojo. Puede ser un joyero. ¡Es inútil que mire en esa caja! Por más joyas que tenga no me sirven de nada. Está claro que aquí no encontraré lo que busco... Perezosamente, me deslizo por la colcha hasta que mis pies tocan el suelo y sigo mi camino a oscuras por el pasillo negro.

En la siguiente puerta un aroma de menta y fresa me hace ilusionarme inesperadamente. Huele a chicle, a azúcar deshecho en caramelo, a golosina pegajosa de feria... Por cierto, ¿dónde está la cocina? No he reparado en ella. Y ya se están acabando las puertas. Este debe ser el cuarto de los niños o del niño, que eso nunca se sabe, y está desordenado, ya lo veo. ¡Bien! Eso me beneficia para camuflarme en cualquier rincón con sus juguetes. Tendré paciencia. Otra vez se oyen golpes. Y pasos. Y las luces se encienden. Voy a esconderme antes que me descubran como intrusa y se acabe mi historia sin comer las perdices. ¿Qué es eso? ¡Una sirena! He debido accionar algún juguete con alarma. ¡Pues qué bien! ¡Lo que faltaba! Un niño amante de los cables. ¿Y ahora qué hago? Nunca se sabe lo peligroso que para mí puede resultar eso. Me quedaré atrapada en cualquiera de sus trampas. Mejor me voy de aquí. Alguien viene corriendo. Escucho la carrera en el pasillo largo. Pero, ¿a dónde puedo ir? Ya está. No iré dando vaivenes. Lo he pensado mejor. Me quedo. ¿Dónde escapar ahora? Solo faltaba que tuviera problemas con un niño. Eso sería el colmo para mi carrera. Jamás un niño y yo podremos ser amigos. Ellos son como son. Nunca llegaríamos a entendernos. Un niño, ya se sabe, siempre es niño. Quiere saber, está despierto, busca, observa, investiga a gatas por los suelos. Él será para siempre mi enemigo.

Ahora debo esconderme, por esta noche al menos. Es él. Ya viene. Ha encendido la luz. Creo que no me ha visto. ¡Menos mal! Ha parado la alarma. Sus botas son enormes. Debe calzar un treinta y uno por lo menos. Una de las lecciones que recuerdo con detalle es el cálculo del pie de un humano pequeño. Era un tema difícil porque los chicos nunca se quedan quietos y en cualquier momento te esperas lo peor. Creo que ha visto algo. ¡Dios mío! Estoy contando los segundos con miedo. Que se vaya a cenar. Si me ve, estoy perdida. No podré atravesar otra vez el pasillo a duras penas. ¡Uf! ¡Menos mal! Ya ha apagado la luz y se va. He de salir de aquí. Buscaré de una vez la despensa. Caminaré despacio. Mientras tanto, tiempo tienen de sobra de preparar la mesa, de cenar y después, ya en el sofá, de reposar la cena. Es el mejor momento que puedo aprovechar. Debo llegar a tiempo antes de la limpieza aunque sé que son demasiados los pasos que me quedan. Y demasiado esfuerzo para mí. Creo que el piso de al lado es más pequeño. Tiene una distribución inmejorable, pero ya me cansé de no encontrar nada que llevarme a la boca. Esa familia siempre come fuera. De aquí, sin embargo, a mediodía me llega un olorcillo que alimenta. ¡Ánimo! Con suerte en una hora llegaré a la panera o, sin ella, al cubo de basura.

Lo peor es el niño. Si no fuera por él no me arriesgaría a buscar más viviendas. En el tercero, me ha dicho una vecina que cocinan de miedo y en el quinto, que hay una abuela que siempre tiene la despensa llena. Ese es, sin duda, el mejor sitio para instalar mi casa, con mi comunidad que espera. Podría ser un lugar importante para echar mis raíces. El mejor hormiguero del barrio como el que se forjó mi prima, la hormiga Filomena. Lo peor es llegar hasta allí. Ya sé. La receta de siempre: Con trabajo y paciencia. ¿Y quién es el insecto animoso que se sube en ascensor hasta el quinto? ¿Y luego quién salva la ranura para no caer por el abismo de su hueco si estás sin alas como la mayoría de las hormigas neutras? Eso es trabajo de enanos, o de chinos o de hormigas gentiles, fecundas y hacendosas que siempre están dispuestas a conseguir la meta. Lo siento. Aquí me quedo. Viviré en el primero. Tiene una gran cocina y una mejor despensa. Llamaré a las demás por si quieren quedarse. Lo peor es el niño...

LA BOTELLA

L A playa estaba iluminada en sus primeros términos. Sus doradas arenas parecían conservar el brillo de la tarde. A lo lejos, el mar estaba negro. Solo un halo de la luz de la luna dividía las aguas y las risas. El encaje de las olas más blancas acariciaba las orillas, destruyendo pisadas de cerámica tras tus pies y los míos. La tarde fue completa. Los cientos de esculturas de cartón piedra no pudieron conseguir más color con tus miradas. Todos los tonos estaban en tus ojos. Ahora, con los zapatos colgados de la mano, recorríamos la arena por la playa mojada.

A unos metros de allí, en la línea o frontera que separa la playa con el paseo marítimo engalanado con los lazos de fiesta, los jóvenes tomaban posiciones en espera de bomberos que aguaran, en el mejor sentido de la palabra, la noche mágica del veintitrés de junio.

Tu camisa blanca se confundió en abrazos con mi camisa blanca buscando la frescura. Solo calor respondía mi cuerpo. Era tanto el cansancio, que mis rodillas se inclinaron al fondo y se doblaron. Tú me seguiste. Querías recoger mi cansancio mojado. Ahora sí que éramos de la noche y del mar y de alguna caricia que la luna nos daba.

Nadamos, jugamos a los juegos del agua. Al juego que se juega cuando el amor presta sus normas y emerge victorioso del empate que se crea en los cuerpos. El premio como siempre, los besos. Tu piel se dibujaba en pliegues transparentes sobre tu pecho amplio. Yo me aferraba a ti, me protegías de los primeros truenos con luz artificial. Empezaba la fiesta. Los cohetes estaban poco a poco adueñándose de aquel hermoso cielo. En el mar todo ello se reflejaba junto al amor, ahora con más pasión si cabe. Abrí los ojos y todo el firmamento chisporroteaba sobre nuestras cabezas. Era feliz en esa noche mágica. Miré a mi alrededor apoyada en tu hombro. Otras parejas y grupos de jóvenes estaban en el agua. Unos vestidos, otros semidesnudos, algunos se quitaban la ropa interior aprovechando olas enmascaradas.

De pronto, sentí frío y me metí en el agua. Era un frío extraño en una noche cálida. Tú te ofreciste para traer dos copas con alguna toalla. Te esperé maliciosa, nadando en solitario, con deseos de hacer allí el amor. En esa noche todo está permitido. El mar me atraía de una forma especial y nadé un rato hacia la oscuridad que me llevaba dentro.

Un escalofrío recorrió mi cuerpo. Tú te demorabas. Yo no me atrevía a salir de allí. Un raro picor sentí por los pies, y por las rodillas, y por los muslos, y...

Las otras parejas estaban muy lejos. Los fuegos artificiales seguían lanzando su luz y su estruendo al cielo. Sentí las piernas atadas como en una funda que las hacía inseparables, sin movilidad, tan solo les era permitido un cierto vaivén que me ayudaba a mantenerme a flote.

Un terrible hormigueo se hizo dueño de mi cintura para abajo. ¿Qué me estaba pasando? Debía salir cuanto antes de allí. Corría un gran peligro medio paralizada dentro del agua. Mi madre siempre me advirtió de los cortes de digestión que provocan los baños de agua fría. Un mareo, un desvanecimiento y allí con esa oscuridad nadie iba a ayudarme, no podría contarlo. Tenía que acercarme un poco hasta la arena. Tardabas demasiado. Mis piernas no me respondían. Necesitaba un médico, olvidarme del agua y de la fiesta y salir de allí. Intenté desentumecerme del sueño de mis piernas frotándolas con fuerza, para despertar el riego sanguíneo. Entonces mis manos tocaron algo resbaladizo, muy diferente de mi piel. ¡Horror! ¡Estaba recubierta de escamas! Me desplacé como pude en la arena. Las hogueras de todas las plazas comenzaban a arder, el agua de las mangueras se lanzaba a lo alto intentando controlar algún movimiento peligroso del festivo ninot. Los jóvenes gritaban a lo lejos y cantaban y bailaban canciones populares. ¿Dónde estás? ¿Por qué te has retrasado? ¡Tú también has sido presa de esta noche sorprendente y cautiva? Imposible llegar más allá. Mi cuerpo ahora está gravemente limitado. ¡Dios, que sea una pesadilla! Ya me habían avisado que en la noche del veintitrés de junio ocurren cosas raras. Mis ojos en un esfuerzo de agudeza visual casi logran atravesar el paseo marítimo. Sin embargo, algo en mi cabeza me dice que me vaya a las aguas.

Cogeré una botella de las vacías, de las que se han quedado por aquí tiradas y escribiré una llamada de auxilio. Tú vendrás a recogerla si es que vuelves. Lo he pensado mejor, escribiré la historia de esta noche en una playa cálida, rodeada de magia, de luz, de fuego, de pesadilla. ¡Vuelve, por favor! ¡Sálvame! Las olas me arrastran con una gran naturalidad hacia adentro, como si me conocieran de toda la vida. No podré terminar de escribir lo que quiero. Soy un pez con alma de mujer. Una nueva sirena que viene a estropear su propia fiesta. Las aguas están quietas. Ya me hice a la idea. Ni rastro de tus ojos, ni de tus manos. En el fondo del mar un azul infinito me reclama. Al fin termino de escribir esto. ¡Aún puedes rescatarme de esta noche embrujada, solsticial, de sombras y de luces! Toda mi vida va dentro de una botella. Por favor, descorcha mi dolor. Rompe mis vidrios y nada hasta encontrarme.

LA BODA

ANTONIO Sierra González, "Sierrita" para los amigos, siempre tuvo un sueño lleno de magia que le perseguía por los entresijos de su cerebro; más que sueño era una pesadilla. Por eso temía que se hiciera realidad de pronto, cualquier día y en cualquier lugar, tal vez en el lugar más inesperado y de la forma más inoportuna.

En la plaza, en cualquier plaza del mundo estaría preparado, pero estaba seguro que en otro lugar no tendría el arrojo suficiente para salir a flote.

Sueños como ese ya los tenía de carne y hueso, o al menos parecidos: negros, zaínos, peleones, con trapío y estirpe, portugueses, miuras, victorinos, guardiolas, riosgrandes, de la mejor casta e inmejorable juego..., pero siempre arropado en la arena del ruedo por su cuadrilla y por los vítores que se escuchan al ritmo de la espada y la montera. Su trayectoria taurina demostraba que solía estar al quite y salir victorioso con todos ellos, se presentase como se presentase la faena.

Pero él temía y deseaba este su sueño, su gran sueño, y sentía pánico de no estar a la altura.

Ahora se hallaba en una iglesia a punto de casarse. "Otro tipo de lidia" como decían todos. Buena parte del atrio se encontraba plagado de periodistas de una prensa rosa o amarilla que cobraba con creces el precio de la fama.

Para Almudena era distinto. Se cobijaba en la ilusión de su mayor pureza y en su fe conyugal y a esperar, a esperar siempre que vuelva su hombre de la plaza. Él, sin embargo, dentro del frac, tan extraño y distinto a su traje de luces, presentía que, en cualquier momento, se iba a presentar ese toro soñado desde su adolescencia, el más bravo toro de lidia imaginado, el perfecto enemigo de todos los fraudes en afeitados de cornamenta, el de mayor nobleza, alejado de la más mínima sospecha de invalidez anovillada y roma. Así, como siempre los quiso y toreó su padre.

—¡Suerte y al toro! —coreaban unas aisladas voces entre risas.

Naturalmente, y de forma pícara, se referían a la novia que acababa de llegar al pórtico rodeada de volantes entre el sonido de los cascos de caballos.

Maldita fobia inaguantable que le acompañaba a cada paso, también en los pasos decisivos e importantes de la vida. Sierra estaba seguro que el día menos pensado aparecería el toro de su paranoia, el más negro de los toros jamás visto, de los más afilados pitones jamás imaginados, que le haría detenerse en su dilatada y, hasta hoy, imparable carrera personal y taurina.

Y lo peor de todo es que él deseaba que apareciese con infinitas ganas, casi con vehemencia. Sin embargo, este momento era digno de respetarse dada la solemnidad que la situación requería.

—¡Suerte, maestro! ¡Hoy ya sabe, más pitos que palmas! —sugirió maliciosamente el mayoral de una plaza importante con quien Sierra comenzó su amistad desde hace un par de años.

La novia se recompuso el azahar del ramo y el novio le ayudó a bajar, tembloroso y con la frente hirviendo en sudor. A Antonio, el blanco del vestido se le antojaba negro a cada movimiento. La besó en la mejilla, aturdido por los flashes de los periodistas y, junto con los padrinos, caminaron por alfombras y escalinatas hacia el altar florido.

Apenas pudo fijarse en su belleza con ese aturdimiento, pero tenía plena confianza en la tierna mirada honda y oscura de su amada, capaz de eclipsar el más fino atractivo del resto de las féminas allí presentes.

Antonio acompañó al reclinatorio, adornado con mantón de Manila, a su madre y madrina, quien le mostró unos ojos húmedos y acariciantes, cargados de un brillo especial en la retina, un brillo que le resultó familiar, el brillo de ausencia de su padre. Tal vez ella fuera testigo en ese instante de su desasosiego. De joven, el sueño se hacía delirante. En alguna ocasión ella entraba a su cuarto por la noche para tranquilizarle, sobre todo en los primeros meses tras el accidente sufrido por su padre que le llevó a la muerte. Sí, estaba seguro de que sus pensamientos eran lo suficientemente transparentes para su madre. Puede que le escuchara en voz alta alguno de esos días, y puede que temiera igual que él la llegada de ese horrendo y maravilloso toro.

El oficiante de la liturgia se sobrepuso a la presión de aquel gentío y observó a la pareja. Ella pausada y quieta, ilusionada. Él con las piernas en continuo vaivén, con los nervios propios de quien espera bronca o petición de orejas triunfalistas.

El largo pasillo se hacía interminable. A ambos lados gente y solo gente morbosa y silenciosa, deseosa de auparle hacia la puerta grande de aquella iglesia o hacia la sacristía, que bien pudiera hacer de enfermería.

—En el nombre del Padre, del Hijo y del Espíritu Santo. Estamos aquí para unir en santo matrimonio a Almudena y a Antonio...

El toro ya se presentía entre aquellas columnas centenarias y en los bancos de madera con las verdes orlas de ornamento. El sacerdote inició la ceremonia y Antonio miró a la novia sonriendo con la sincera emoción de un recién desposado.

Un murmullo del público hizo que el joven torero recordara a su padre en Las Ventas, con aquel sobrero histórico con el que demostró la mejor de sus suertes supremas; o con las chicuelinas de La Maestranza, con miles de personas en pie al sol y a la sombra, en aquella deslumbrante tarde de la Feria de Abril. Años después, la vida le cambió su oro en plata. No importó el vil metal pero sí sus traicioneros cambalaches. Él siempre esperó su toro con la montera en mano. Su toro le llegó en forma de cornada con el golpe brutal de un vehículo pesado en una tarde, con más pena que gloria, en una triste carretera de circunvalación. De esa forma murió Álvaro Sierra, el primer Sierrita con estirpe torera.

Ahora, su hijo Antonio no escuchaba nada más que el murmullo del templo. El grito agudo y entrecortado de una invitada le hizo reaccionar. Un silencio de auténtico sepulcro le obligó a inspeccionar lo que estaba pasando. Era él estaba seguro. Era su toro ansiado. Había llegado hasta allí para ser lidiado in situ. Ahora no importaban las demás corridas, ni que faltasen unas horas para las cinco en punto de la tarde, ni las mejores ferias en las mejores plazas con el mejor cartel y la mejor terna. Este era su toro, su res soñada con toda la valentía del mundo y con todos los miedos del mundo también.

El sacerdote puso a la novia, presa de un ataque de nervios, a buen recaudo en la sacristía. El padrino no paraba de escupir improperios contra los presuntos bromistas, capaces de organizar en un día tan señalado una acción tan peligrosa y disparatada. Su cuadrilla y amigos negaron con firmeza y razón todas las acusaciones.

El toro se detuvo en el pasillo central de la iglesia, pateando la alfombra de terciopelo, inspeccionando un terreno de arena inexistente. El pánico no se hizo esperar y llevó al público hacia los brazos laterales del templo buscando la protección divina en las paredes y en los santos o, con suerte, una salida de emergencia.

Antonio se quitó el frac y lo extendió en el pavimento a modo de capote, tranquilo, muy tranquilo. No en vano, le esperó muchas noches en vela, otras veces camuflado en los olés de San Isidro que clamaban al cielo, o en las plazas de mayor solera. Pero tenía que ser precisamente ahora, el día de su boda, cuando llegara el toro más bravo de todos los tiempos a burlarse con sorna de Antonio y de toda su descendencia, a echarle en un templo sagrado ese pulso temido y deseado tanto tiempo. En definitiva, disputar allí la casta de un toro y un torero.

—¡Eh, toro! —dijo con valentía.

Los olés y los vítores retumbaban en el templo. La novia lloraba con espanto asomada a la puerta. El toro embestía arrancando de lejos y Antonio lo recibía con adornos triunfantes.

Tras veinte interminables minutos amargos y mágicos, con el alma en vilo, los seiscientos cincuenta invitados respiraron a gusto en los salones del confortable hotel elegido por la pareja para el almuerzo. El Cuerpo de la Guardia Civil, el de los Bomberos y el de su propia cuadrilla, en traje de gala, hicieron el resto.

BRINDIS

ME he dejado aconsejar por el camarero. La especialidad de la casa prometía delicias al paladar. En muy poco tiempo el plato fue diligente y cumplió su promesa. No tardé en olvidar las mayores tensiones de la mañana, sobre todo la reunión de las once, la más conflictiva de la semana y, sin embargo, sorprendentemente, la de mejor solución. Suele ocurrir, como en la propia vida.

El camarero se empeña en agradar a la joven del escote en uve. Es perfectamente comprensible, yo también lo haría. Ambrosías le daba yo a esa mozuela. El abuelo de enfrente no deja de comprobar la hora en su reloj. Espera a alguien. Me parece que hoy comerá solo. Ya somos dos.

El vino es afrutado y fresco, de la última cosecha, entra a la perfección. Por supuesto, me dejé aconsejar también en eso. Ana siempre me critica que elijo un peleón, y todo porque ella hizo un cursillo de enología el pasado verano.

Buen ambiente es este. La música de fondo, inapreciable al gusto, reclama los sentidos demasiado ocupados en dar buena cuenta de todo lo que corre en el mantel.

Acaban de pasar dos fornidas y elegantes señoras. Bordean la columna, se sitúan en un discreto rincón y hacen pedido rápido.

Los platos se suceden con su fiel tintineo, transportados en brillantes bandejas hasta la sobremesa. He pedido un café. Esta tarde no puedo dormirme. Es la reunión mensual de objetivos. Hago bien en relajarme aquí. Buen servicio, sin duda. Vendré con mi mujer, le gustará.

El abuelo de enfrente da vueltas y más vueltas a la infusión de su humeante manzanilla. Continúa consultando el reloj inútilmente.

También me pedí un brandy. Solo un cigarro haría más perfecto este momento de tiempo detenido en el frágil cristal del paladar. He de ser fuerte, ya no quiero volver a fumar. Dos meses de "mono" son mucho sacrificio para pedirle a ese joven, que enciende mis instintos con llama tentadora, algún cigarro. Con el humo de mis negros pensamientos casi puedo disfrutar de los mejores suspiros de alquitrán y nicotina. Ana jamás me lo perdonaría. Nuestro deseo de vida sin tabaco es paralelo. Mejor me tomo el brandy y hago tiempo.

Un sueño extraño y pegajoso se apodera de mí y de mis brazos. Con la copa en la mano, el jerez se balancea en el gran recipiente delante de mis pesados párpados. Parece que, si nadie lo remedia, daré una cabezadita a pesar del café. Apoyo los codos en la mesa como jamás me dejaría Ana que lo hiciera. A través del cristal veo al abuelo con la cabeza echada mirando a la pared. Las señoras voluminosas del discreto rincón ya terminaron. ¡Qué curioso! Se recuestan las dos en el muro de mármol. ¡No lo puedo creer, están dormidas! El joven ha dejado caer su cigarro en el suelo con una mano lánguida, incontrolable. Él también se ha dormido. Hasta aquí se deslizan el humo y el olor que me adormecen en este ambiente cálido. El abuelo se cansó de esperar a su invisible, fingido e irreal invitado. ¡También está dormido! La chica del escote profundo apoya su cabeza en el respaldo con los ojos cerrados. Las mejores curvas las marca con su pecho, pues ofrece un apetitoso cuello desnudo, de un modo impudoroso al adormecido personal de este elegante antro.

Los camareros no parece que se hayan dado cuenta de la situación. Yo mismo apenas puedo controlar mis ojos. Es un sueño atroz, patológico, dulce, inevitable. Hago un esfuerzo, miro a mi alrededor. Habrá quince o veinte comensales dormidos o dulcemente enfermos. Ya no sé qué pensar. A punto estoy de hacer almohada socorrida de este fino mantel.

Los barman cumplen impasibles sus cometidos, ajenos al sueño conspirador y colectivo de todo el restaurante. De pronto, debajo del mantel del abuelo asoma triunfante y victoriosa la cabeza de un toro. Es negro, zaíno, con cara de pelea. A duras penas se coloca en el centro de la espaciosa sala. Mira al viejo, después a las señoras, al joven y al perfil sensual de la chica, con sorna. Luego me mira a mí. Se acerca hasta la copa de mi mesa y con profundos ojos de noble valentía me reta a la pelea. Yo tomo la copa, la saboreo con la mirada fija, balanceo el resto del licor con maestría. De un golpe seco retiro ese mantel bordado que será mi espontáneo capote. Los camareros siguen con su rutina de copas y platos en bandejas ignorándolo todo. El toro se abalanza destrozando una mesa. Y otra, y otra, y otra más.

Incomprensiblemente, todos duermen. Doy unos pases bajo el mayor silencio. Tomo el brandy para hacer un brindis, acaso algo taurino, que nadie ha de agradecer y ovacionar en esta tarde. Solo el abuelo se despierta, muy torpe y somnoliento, mirando su reloj. El toro está lidiando ahora las mejores cortinas del local a las que vence y deja hechas guiñapos. Después, le planta cara al botellero repleto de cava, de licores y de los mejores caldos del país. Va a embestirlo. Lo sé. Romperá las botellas. He de evitar ese cruel estropicio con mi copa.

—¡Eh, toro! ¡Aquí!

La copa se ha hecho añicos cerca de sus pezuñas; sin dejar de observarme, el toro toma pose y perfil de un negro anuncio de viaje y carretera y viene disparado hacia mí sin la más mínima contemplación sobre mi traje.

Al mismo tiempo, un camarero me habla con insistencia:

—¡Señor, caballero, despierte!

Agarrado a mi copa vacía desperté y comprobé que todo estaba en orden. Los comensales ya empezaban a irse. Las señoras se levantaban en ese mismo instante recogiendo las vueltas. El joven encendía un cigarro más y pedía la cuenta. El abuelo seguía mirando su reloj de cuando en cuando. La chica se escapó de mi mirada. Solo acerté a atisbar su escultural trasero tras la puerta entreabierta. Pero del toro, del sueño colectivo y del gran estropicio del vino nada de nada. Ni rastro de capeas en esta fantasiosa sobremesa.

El afrutado vino junto al brandy me han hecho soñar con la magia de un toro en este restaurante que, incomprensiblemente, para nada me recuerda a los tendidos. Pediré otro café. Debo despertar del toro de mis sueños. Esta tarde no queda más remedio que torear los bravos y siempre inalcanzables objetivos. Por ellos brindaré.

DERECHOS DE UN HUEVO FRITO

ABRO el frigorífico.

—¡Nada, ni un mísero filete! ¡Uf, menos mal! ¡Un huevo! Me haré un huevo frito.

Se resiste a salir, está como pegado.

—¿A que se rompe y me quedo sin cena? Pero, ¿qué le pasa? ¡Un huevo parlante! ¡Quién lo diría! Y encima va y me quiere contar su vida. Si no fuera por el hambre que tengo, juro por estas que ni lo escuchaba. Porque no sé yo lo que me puede contar a mí un huevo de gallina.

—"Escucha: siempre se ha comparado al hombre, por su semejanza, con sus congéneres del reino animal, especialmente con el mono. Nada más injusto, para el mono, por supuesto. Ni el más pérfido mono es digno de tal comparación.

Desde mi condición de huevo, aborto gallináceo, proyecto inacabado de ave terrestre con inútiles alas, quiero arremeter contra esta afirmación.

Por el contrario yo declaro que el hombre se parece más a un huevo de gallina. Atento, escucha, demostraré mi tesis con hechos y palabras.

PRIMERO: El hombre niño nace con dolor en el corral del mundo, y lo hace llorando igual que el huevo. Desde mi condición de huevo, afirmo que también nosotros lloramos al nacer. De la misma forma a nuestras madres les une el cacareo. Todas las madres cacarean. La gallina cacarea la puesta del huevo durante unos minutos de forma escandalosa. Por su parte, la mujer cacareará su parto durante algunos años de una forma insistente, repetitiva para el aguante de sus familiares y de sus convecinas.

SEGUNDO: Mi segundo punto de semejanza es la fragilidad. ¿Hay algo más frágil que un huevo? ¿Hay algo más frágil que el género humano? Para averiguarlo, no hay nada tan fácil como lanzarlos contra otro cuerpo frágil por excelencia, por ejemplo el cristal. Apuesta, apuesta tú, para ver quién sufrirá más daño y quién quedará hecho añicos en el suelo.

Sin embargo, tanto tú como yo creemos que somos irrompibles, y así nos va. Creemos que nuestra vida no acabará nunca, pero (¡ay!) siempre nos llega la terrible y temida fecha de caducidad que todo lo despanzurra o tira a la basura.

A veces, el hombre juega a ser un hombre duro, igual que el huevo, y juntos nos damos trastazos contra el mundo, adelantando, si cabe, esa fecha final.

Hay hombres cabezotas y huevos testarudos. El huevo se protege de su fragilidad en envase de cartón que después se recicla. El hombre desvalido también se protege, en las noches de invierno, del frío y la pobreza con cartón reciclado o dejado en la esquina para reciclar. Sin embargo, hombre y huevo no pueden reciclar su tiempo y condición. El material del huevo y el material del hombre no admiten ese industrial proceso.

TERCERO: El hombre cuando es feto desconoce su origen, su raza o condición. Igual le pasa a nuestro embrión. No sabe si nacerá en Australia o en sus antípodas; es decir, en España. No sabe si será blanco o azul, que en esto de los colores del mundo tiempo tienen de teñirse el cabello, la cáscara, la piel o el corazón con cualquier color de la rica gama cromática que nos ofrece la vida, el paisaje, el tiempo o la esperanza.

El huevo nacerá blanco o moreno, de gallina negra o parda. Huevo de granja al por mayor o huevo decorado de regalo de Pascua.

Los huevos, al igual que los hombres, desconocen su origen y destino.

El huevo también desconoce su sexo, como el hombre en sus primeros años. Ninguno de los dos sabe si va para gallo o para gallina, para hombre o mujer, para pollo o pollita, para lesbiana o marimacho, para transexual o para marica.

El único destino seguro es que uno será huevo y persona, el otro. Pero, desgraciadamente, hay hombres y huevos que se cascan y mueren sin saber que ante todo somos eso, personas y huevos.

Ya el mundo y la vida, con sus experiencias, se encargan de cocinarnos a distinta temperatura. Para ello, siempre se habrá de romper la cáscara de la primera infancia. Excepto para los hombres duros y huevos duros que impiden ver su interior hasta después de ser cocinados; es decir, los que no dejan vivir, los que viven su vida infranqueables a los otros, con una buena máscara. Esto es, los hipócritas.

El hombre duro es lo más parecido al huevo duro por la dureza de sus ideas con los huevos más blandos o los hombres más débiles. En situaciones de intolerancia del hombre duro, el hombre blando siempre lo tiene crudo. Al hombre duro le resulta divertido y tolerante ese inocente juego de buscar el huevo que no pringa o que no mancha en la cabeza de rivales humanos. "Jugar al huevo duro" que se llama. Pero la mancha de un huevo estrellado en la frente siempre mancha la piel, igual que un hombre marginado mancha la conciencia de su verdugo. "¡Mancha de huevo, toma borrego!"

Por su parte, el huevo duro o cocido, no es fácil de tragar por mucha tolerancia que se acompañe en su trato con la lengua o con el trago a secas. A menudo, se debe acompañar de bebidas o ideas refrescantes que faciliten la deglución.

De igual modo, el hombre intolerante no se podrá aceptar en la lenta y siempre difícil digestión de este raro menú de sociedad civilizada.

Cascar un huevo, como cascar un hombre, es descubrir el melón del género humano. En apariencia, todos somos iguales, no nos debe importar el color de la cáscara. Haz la prueba con un huevo blanco y otro moreno, y verás. Cáscalos en el mismo plato y tira los despojos. Nunca podrás saber cuál de los dos huevos cascados se corresponde con una determinada cáscara. Es un hecho probado en ambientes que defienden la tolerancia. Mira en el interior de una persona. El experimento te dará los mismos resultados.

Claro que, después del cascado, aparece la clara y la yema. En el hombre, esto es su cuerpo y su alma, su vida y su tiempo, Según el tratamiento que demos a eso, es posible encontrar la concordia en fogones futuros.

La vida, como todo, puede sazonarse o azucararse a voluntad, igual que un huevo. El verdadero sabor de un hombre dependerá de los ingredientes que toma en el camino.

Si opta por la sal de la vida, puede elegir entre ser rebozo, mayonesa, revuelto, huevo frito o tortilla, eso sí, acompañada de un gentilicio de países fronterizos y latinos.

Si opta por un destino dulce, podría ser batido en la mezcla de frutas, dorado rebozado en postre de sartén, merengue de una tarta con el punto de nieve o huevo de chocolate con sorpresa de pequeño juguete y de destino ingenuo. Todo ello puede ser aplicado al hombre y al mantel que forja su destino.

Así es el ser humano, múltiple en su futuro. Solo el tiempo y la temperatura de sus venas o de su corazón deciden su textura.

Con estos símiles, creo que queda bien patente y más que demostrado el parecido entre el hombre y el huevo. Sin embargo a diferencia de mí, el género humano tiene más posibilidades de elegir su propio sabor y condimento.

Hay otra semejanza en estas dos especies que las une. Es el insulto que los humanos lanzan a la mujer y hasta a la misma madre en relación con su conducta sexual. "Más puta que las gallinas" -dicen- o "hijo de puta."

Solo es una forma de manchar al otro con sus propios desórdenes sociales, inseguridades de pareja y desagravios viles. Un insulto eficaz, el peor de todos los insultos, porque arremete contra lo más sagrado y tolerante de nosotros mismos, contra una madre que se caracteriza precisamente por tolerar siempre todo de los hijos.

Sea gallina honesta o gentil señora, igual nos da, la madre siempre será la madre. Es un insulto cruel porque convierte al hijo en un intolerante. Y es que eso nadie lo sabe o lo puede tolerar.

También la cobardía humana, (¡mira por dónde!), se acostumbra a medir con las aves a quienes represento. Si en momentos de lucha critican valentías, dirán que eres gallito. Si por el contrario, no haces caso de insultos, te llamarán gallina. De extremo a extremo, con nuestros machos y nuestras hembras. Todavía andamos con etiquetas de sexo sujetas a las plumas.

Hora es ya de recordar y declarar de nuevo los derechos del huevo o del hombre, que para el caso nos viene a ser lo mismo.

El primer derecho del huevo frito que se me ocurre, el principal derecho de un corral que se precie de pacífico y respete a sus crías y a sus huevos es el derecho a ser pollo, el de la vida, el que nos permite en la comunidad de aves y de hombres, ser niño o niña ser gallo o ser gallina. Defender la vida es dejar que el huevo siga su curso y sea empollado en corral libre o en granja protegida.

Este es el primer y único derecho importante, el cual junto a la libertad que engloba a todos los derechos, es a lo que puede y debe aspirar un huevo antes de ser frito.

Pero surge el interrogante. ¿Cuántos huevos tendrán la oportunidad de picotear o cascar su propio cascarón? ¿Cuántos hombres podrán decidir sobre su propia vida?

Por huevos, que no por derecho, nos niegan a todos derechos primarios. A veces, las órdenes las dan hombres de cabezas huecas. Son los hombres hueros. Son los falsos hombres.

Por huevos, que no por derecho, esos que parecen pollos poderosos se permiten picotear las vidas ajenas y osan dividirlas en categorías. Por un lado, pollos y hombres ágiles y listos; y por otro, pollos y hombres ágiles y pobres que no hacen sino caminar siempre de rodillas.

En este corral de la diferencia hay pollos de rincón olvidados por la pesadumbre y hay pollos que tienen el privilegio de comer semillas, son pollos con suerte, son los pollos alegres reservados para las ferias y fiestas. Ambos grupos tienen como destino llegar cocinados a la misma mesa, la de los humanos, sin que sus primorosas e inútiles alas remedien el triste final que les espera.

Iguales que el pollo son los hombres que guardan riquezas en el mismo saco que las injusticias. Son plumas inútiles. De la muerte y sartén que a todos acecha no podrán volar ni salir airosos.

Ya ves que el destino es para nosotros muy seguro y cierto. El huevo que ahora te habla será un huevo frito y tú solo un sueño de hombre perdido en la injusta granja del siglo que empieza.

Es lo más seguro, es un fin común. Con un huevo frito quedan anuladas las leyes avícolas y de extranjería. Igual que los sueños humanos. Además, después vienen los que siempre se ponen de acuerdo en afirmar que un cartón de huevos soluciona apuros en cualquier cocina.

Ese es mi destino. Probablemente, (¡no lo olvides!) seré un huevo frito, es lo más seguro. Aunque si tú quieres puedo ser un huevo escalfado, pasado por agua, batido con frutas o huevo en tortilla.

Es la diferencia que nos da la vida.

¡Ojalá que todos tengamos más huevos, incluso los hombres, para permitir que en la granja gigantesca del planeta Tierra podamos vivir una vida digna, sin necio alboroto, en este escandaloso e irrespetuoso gallinero!

Probablemente seré un huevo frito, sin derecho alguno a crecer o a ser respetado como otro ser vivo; y me quedaré a medio camino de pollo o pollita, de gallo o gallina. Sin embargo, en esta, mi corta vida de nevera, me iré a tu sartén satisfecho de haber comparado al huevo y al hombre. ¡Son tan parecidos!

Un hombre, un huevo, un destino.

No es frivolidad, aunque yo proclame la gran tolerancia desde la huevera de este frigorífico.

A veces las mentes de algunos humanos, se enfrían, incluso en verano; y son incapaces de proclamar el derecho a la libertad, a la semejanza, a la diferencia y a la misma vida."

Después de escuchar a ese huevo charlatán y mágico, cerré el frigorífico. Tenía más hambre y creo que fiebre.

—Jamás volveré a comer huevos fritos —dije mientras salía de la cocina cabizbajo y pensativo—. ¡Y pensar que es mi plato favorito! Me siento un caníbal.

LA MÁQUINA

DE señora, nunca encontró éxito en la vida, entendiendo por éxito: poder, economía.

De madre, se dedicó a dejar solucionadas las tareas domésticas: compras, limpieza, crianza, comidas, coladas…, hilvanó vuelos, bordó vainicas dobles, entre llantos, costuras y lactancias.

De abuela, con tiempo útil, en días desvalidos, volvió a la costura. Pero eran otros ojos y otros tiempos.

Prefirió buscar palabras en las estrellas. Cada noche aporreaba su máquina de escribir. Para nada se acordaba de ojales o dobladillos. Escribió microrrelatos y poemas sin rima, pero con tanto ritmo como su sangre circulaba al empuje del Sintróm. Hasta que dejó guardada la máquina en un rincón, y ya ni eso.

Y, de repente, un día su hija se enfadó:

—Mamá, ¿cómo tengo que decirte que no sé dónde está tu máquina? ¡Escribe a mano y ya la buscaré!

—¡No puedo coser tantas mascarillas a mano!, ¡quiero mi máquina de coser!

VIOLENCIA'S

EH, tú, chaval! ¡El del pasamontañas! ¿Qué te ha hecho esa papelera para que la destruyas?

—¡Eh, tú! ¡El que esconde los ojos que no tienen mirada! Mira y comprueba lo que a tu paso arrasas.

—¡Eh, tú! ¡El de las manos pálidas que no saben del valor del trabajo! Calcula el tiempo que otros dedicaron a restituir lo que vas destrozando.

—¡No te ha hecho nada! Respeta esa valla que entre dos albañiles levantaron la semana pasada, mientras el sol calentaba y derretía a conciencia sus espaldas.

—¡Eh, tú, muchacho! No elijas más cabinas para desfogar tus malos genios, quizá mañana te sientas apurado y busques con desesperación algún teléfono.

—¡Deja ese contenedor! Solo es un mueble de basura urbana, ¿acaso sientes celos de él por ser de plástico y resultar más útil a la sociedad que tu persona?

—¡Eh, tú, chaval! ¡Deja ese coche! Es el de mi vecino, tiene tres hijos, lo tiene financiado por cinco años, él paga sus facturas pero todavía no ha podido llegar para alquilar la plaza de garaje.

—¿Es que estás loco? Deja esa puerta. Es la de mi edificio. Todos aquí tenemos hipotecas y el seguro no abona tus burradas, no pongas más oscuros los umbrales de esta casa.

—¡Eh, joven! Déjame y sigue tu camino, ya sé que tienes fuerzas, pero nuestra ciudad es demasiado grande como para albergar tus pasos y los míos.

—Eh, tú, chaval... ¡Guárdate eso! ¡Abandona la violencia callejeeeeee...!

(SIRENAS)

TEATRO DE CALLE

UNO

La calle hervía en movimientos de humanidad, carreras, cruces peatonales, zancadas, gentío, consumismo, prisas, escaparates iluminados, alfombras rojas en húmedas aceras, donde precisamente no se esperaban actores ni actrices de grandes premios de la interpretación y sí la posibilidad de que en esa blandura y acogedora parada colorista y decorativa, se detuvieran precisamente más consumidores aún a dilucidar la adquisición de nuevos productos en el escaparate, productos más prácticos, más clásicos, más novedosos, más baratos, más decorativos, más sorprendentes, más modernos, más innecesarios...

Algunas bolsas medio llenas portaban lo elegido, lo comprado, lo decidido, lo vendido y lo necesariamente acumulado.

—¡Mamá, espera! —espetó el niño parándose en una esquina.

—Vamos, no te detengas, todavía me quedan muchos sitios...

—Pero es que... quiero ver eso. ¿Cómo lo hace?

—Venga, que hace mucho frío, no te pares.

El chico caminó a duras penas agarrado por la mano de su madre, con los pies por delante y la cabeza vuelta, medio tumbado, la mujer casi tiraba del niño, de su mano, caminando con la cabeza vuelta, vio a aquel payaso que se entretenía en hacer figuras con globos alargados. Desechó la idea de volver a parar al ver de reojo una última imagen, cuando entregaba un perrito brillante de color azul a un niño y, a correo seguido, a su padre le ponía la mano muy pacientemente con la palma hacia arriba.

Más tiendas con prisas, más colas de gente y, de nuevo, la calle: la música parecía italiana, pensó el chico, pero se equivocaba, un músico se afanaba por tocar el violín, con dos gorros, uno oscuro puesto en la cabeza, hasta las cejas, el otro en el suelo donde muy cerca, con la luz tintineante del escaparate de la esquina, un arbolillo de Navidad de color blanco intentaba llamar la atención cual si fuera nevado, desprendiendo todos los tonos del arco iris, que quedaban reflejados en el gorro color claro.

DOS

El chico se fijó en el movimiento lleno de agilidad de la mano izquierda del violinista, qué difícil parecía doblarla así y coordinar los dedos para apretar las cuerdas del instrumento, de nuevo un tirón de su madre le hizo despertar de sus ensoñaciones.

—Vamos, o nos cerrarán...

—¡Qué va, señora! —respondió el músico—. No llegaré yo a terminar la *Quinta Sinfonía* de Beethoven antes de que cierren las tiendas; hasta las diez de la noche están abiertas algunas, ni los artistas de la calle aguantamos tanto.

La mujer siguió andando, sonriendo, pensando en lo que le había dicho el músico callejero, pero también con preocupación pues quedaban los regalos de los abuelos, o sea, de sus padres y de sus suegros. Una bufanda calentita, un reloj con números grandes, o mejor dos, pues dos eran los abuelos con falta en la vista, y un pendrive para la abuela que ya se había decidido por fin a aprender informática.

El nombre de Beethoven le sonaba al niño de clase de música del cole, una vez su profesora les habló de él, les dijo que el padre de Ludwig van Beethoven tenía una gran admiración y envidia por Mozart, que era otro músico famoso desde niño, el hombre levantaba a su hijo de noche para que practicara con el clarinete y el piano, y para conseguir que su hijo también fuera un niño prodigio, como Mozart lo fue. Y lo consiguió, pero lo peor de la historia es que tuvo que tocar e interpretar mucha música, obligado como estaba para cuidar a sus hermanos más pequeños, ya que se habían quedado huérfanos de madre, además de con el padre alcohólico en la cárcel. ¡Pobre Beethoven!, pensó, ¡pobres músicos obligados a tocar durante horas aunque no les apetezca!

Entraron en la relojería, había relojes de todos los tamaños y con las esferas de todos los colores.

—Pues, quiero dos —dijo la madre—. Uno de señora y otro de caballero.

Esos relojes formaban parte del conjunto de regalos que se repartían en la cena de Nochebuena. El niño se quedó mirando a la tienda, un reloj de cuco comenzó a cantar y a entrar y salir por una puertecita, como si fuera un actor que sale a escena, y más alegre que unas castañuelas, repitiendo tantas veces su canto como campanas debían anunciar la hora, y eran ocho.

TRES

—¡Dios mío, las ocho ya! —dijo la madre.

Enseguida todos los relojes se pusieron a repetir que ya eran las ocho de la tarde, como si la mujer no se hubiera enterado, fue como otra pequeña sinfonía musical de carillones, el niño pensó que aquel era un buen lugar para trabajar cuando fuera mayor, no, músico no, pero sí relojero, por qué no.

Uno con la esfera blanca y otro con la esfera roja, uno para el abuelo y otro para la abuela. Cargados con los relojes salieron de la relojería sin que todos ellos, colgados en las paredes y colocados en las estanterías hubieran acabado de dar las ocho con sus múltiples alarmas y sonidos.

—¡Y de esto tú ni pío! ¿Eh?

Miró a su mamá y recordó que antes de salir le había dicho que todo lo que iba a comprar esta tarde eran regalos sorpresa, por lo que no debía decir nada a nadie, ni lo que había comprado, ni dónde, ni lo que había costado, ni nada de nada.

Caminaron y caminaron, el frío arreciaba en la calle. Una señorita vestida de Papa Noel se acercó a ellos. Llevaba una falda corta de color azul con ribetes blancos, muy salerosa, con leotardos azules y botas blancas, una chaqueta del mismo color que la falda y un sombrero como el de Papá Noel pero también de color azul. En la mano tenía unos trocitos de papel que de vez en cuando metía en un frasquito de colonia y los daba a los transeúntes.

—Perdona —dijo la madre dando otro tirón al niño—. No llegamos a tiempo, que nos cierran...

Pero el niño ya había enganchado el papelito oloroso y se lo había llevado a la nariz.

—¡Pues huele muy bien, mamá! Y la chica es muy guapa.

—Sí, claro, claro, por eso está ahí.

—Quiere hacernos creer que es un Papá Noel de color azul, pero esos no existen.

—Ay, mi niño, tienes que saber que hay Papás Noel de todos los colores, ¡Qué me lo pregunten a mí que hoy voy de verde!

El niño no entendió lo que su madre quiso decir, lo cierto es que una calle más adelante se encontraron con un Papá Noel auténtico, bueno con los colores auténticos blancos y rojos que manda la tradición y con una larga barba blanca, por supuesto. Y con campana que sonaba a cada paso de los nuestros.

CUATRO

—¡Mamá, este sí es el auténtico!

—Si yo te contara...

—Vamos, señora, un caramelo para el niño, y pase adentro, tenemos las mejores ofertas en electrodomésticos.

El niño miró y escuchó a aquel hombre pero su madre, de nuevo, no le dio opción alguna de réplica, y por la prisa se quedó sin caramelo, siempre por la prisa...

—Bueno, solo nos queda la bufanda y el pincho. ¡Vamos, *chiqui*!

—Mamá, estoy cansado, ¿podemos parar?

El niño se acercó a un grupo de personas que formaban un círculo, allí había un personaje extraño, tenía puesto un radiocasete y al son de la música, y solo con mover sus manos, manejaba una especie de cruz de madera, con unos hilos casi invisibles que llegaban a los pies y brazos de unos muñecos muy bien vestidos y elegantes.

—¡Son marionetas! ¡Mamá, vamos a verlas!

—Vale, pasa delante, y no te muevas de ahí hasta que yo te llame que hay mucha gente y te puedes perder.

Eran preciosas, había tres, una descansaba en el suelo y las otras se movían como si de verdad tuvieran vida. Sería inútil que el chico pidiera una como aquellas, nunca conseguiría manejarlas como el personaje extraño lleno de cachivaches y larga barba, y eso que ya una vez le compraron una oca con solo tres hilos para manejar, pero era dificilísimo, por el desván estaba, pensó el muchacho.

Aquel hombre tenía una maleta con carteles de ciudades y países: Roma, Viena, Copenhague... y Madrid, y muchos otros que el niño no pudo leer por ser de pequeño tamaño sus letras. Cuando acabó la canción, el hombre cambió de muñecos, cogió el que estaba solo y dio una auténtica lección de títeres. De vez en cuando, algunos niños le echaban monedas al sombrero, pero cuando acabó la función, todos los que estaban allí ayudaron a que esas obritas se pudieran repetir en la ciudad, durante toda la Navidad en esa calle con sus aplausos.

—Mamá una moneda, por favor.

Y la madre, que aprovechó para fumarse un cigarro mientras el niño descansaba y se entretenía, abrió el monedero y sacó varias monedas oscuras para darle. Hacía frío, mucho frío y el puesto de castañas invitaba a acercarse a su fuego, y también a comprar el delicioso fruto marrón.

CINCO

—Venga, compramos unas castañas y nos vamos a casa —dijo la mujer sonriendo y frotándose las manos con habilidad e ilusión—.Ya está bien por hoy de compras.

—¡Vale, mamá! —respondió el chico mostrándole su apoyo—. ¡Castañitas!

Madre e hijo se acercaron a la lumbre, a su calorcito, ambos se sacudieron unos cuantos kilos de frío acumulados de esa tarde, si es que el frío se puede medir en kilos. Los dos hicieron cola una vez más ante el gran número de personas que salen en invierno a la calle en las vacaciones de Navidad. Madre e hijo comprobaron cómo el castañero construía el capirucho de papel, ambos vieron cómo ese hombre de bata negra contaba una a una las castañas, "diez por un euro", decía el cartel, y lo gritaba el castañero voceando el género, y los dos se quitaron los guantes preparados para pelar y comerse uno de esos frutos secos muy calentitos, las recién asadas castañas que entonaban las manos y el estómago.

—Sujeta —le dijo la mujer al niño, mientras buscaba el monedero dentro del bolso. Pero el monedero allí no lo encontró. La mujer buscó en los bolsillos del abrigo, sacó los guantes del bolso, los volvió a meter, miró en todas las bolsas de compra realizadas y se asustó.

—¡Me han robado el monedero! —dijo.

El niño miró el cartucho de castañas que ya había conseguido calentar sus manos y con una gran cara de pena se lo devolvió al castañero. El castañero no supo qué hacer en ese momento y lo tomó con una mano mientras con la otra daba vueltas con la paleta a otra hornada de castañas. La madre desesperada, seguía buscando...

—Claro, ha sido cuando te he dado las monedas para el de las marionetas, ahí me ha desaparecido, habrá que denunciar el robo. Y las tarjetas del banco, llamaré a papá. ¡Lo que me faltaba, ahora a la Comisaría de la Policía! —dijo la madre levantando un poco la voz—. ¡Me han robado la cartera!

El niño se dio cuenta que un aluvión de gente se había arremolinado en torno a su madre y a él.

—Pero, si estábamos ahí tan tranquilos viendo las marionetas...

—Es que hay muchas navidades, muchacha —dijo una señora de pelo blanco—. Hay navidades diferentes, unos miran y otros observan..., ya me entiende —sentenció haciendo un gesto de recoger con los dedos.

SEIS

Pasados unos minutos, hasta el lugar llegó una pareja de policías, alertados por una llamada hecha por uno de los curiosos con su propio móvil. La madre dio pelos y señales de la situación. El niño estaba a punto de llorar cuando el castañero se acercó a él y le dio las castañas, él tomó el cartucho pero se lo ofreció a su madre.

—No, devuélvelo, hijo, no tenemos dinero para pagarlo.

—No importa —dijeron varios de los curiosos que allí se arremolinaban—. Nosotros se lo pagamos, que el niño no se quede sin castañas.

—No —dijo el castañero—. No es necesario.

—Niño, rico, anda, ¡cómete las castañas! Y, si quieres, yo te compro más...

El chico ni ganas tenía ya de pelarlas pero se puso a pelar una ante tanta insistencia del grupo. No muy lejos de allí, a unos pasos, el viejo de los títeres recogía sus artilugios, había terminado la jornada de marionetas por hoy, creía que había conseguido suficiente dinero para pagar ese día el hostal o la pensión; si no, no importaba, quizá otro día se diera mejor. Advirtió que cerca de una de las cajas de los muñecos había un monedero, enseguida se acercó a la pareja de policía diciéndoles:

—I have found this...

Los agentes de policía le miraron de arriba abajo, inspeccionaron los compartimentos del monedero y comprobaron que allí estaban todas las tarjetas y documentos. Faltaba por comprobar el dinero. Se lo ofrecieron a la joven para que lo mirara.

—Todo está bien, creo —dijo la mujer suspirando y contando los billetes y monedas.

El niño se abrazó a la madre y dijo:

—Que no nos han robado, mami, solo se te ha caído al suelo y el de los títeres te lo ha traído.

—Muy buena explicación —dijo el castañero.

La joven se dio cuenta que, ahora sí, el tostador de castañas reclamaba su parte con mucha diplomacia.

—Perdone —añadió la madre extendiendo una moneda.

Y volviendo la cabeza hacia atrás sonrió al viejo de las marionetas diciéndole:

—¡Thank you very much!

—¡Thank you! —dijo el niño.

SIETE

—Aquí no ha pasado nada, dispérsense ustedes, vayan a sus asuntos.

Y era verdad que no pasaba nada.

La calle comenzó a disiparse de gente, también los comentarios de los corrillos desaparecían, mañana llegaba la Nochebuena y había que darse prisa en los preparativos de Navidad. El niño guardó las castañas sobrantes en el bolsillo de su abrigo, se metió una mano para sujetarlas, y la otra se la dio a mamá. Caminaba rápido pensando que cuando llegara a casa debía rescatar del desván a su oca de tres hilos transparentes, solo para probar y practicar una vez más. En el camino, a pesar de que iban deprisa, la pareja familiar se encontró otro corrillo más, estaba formado por una pareja puesta de rodillas, uno enfrente del otro y entre medias de los dos una especie de sábana colgada en el escaparate de una caja de ahorros. La potente luz atravesaba el tejido e iluminaba a la perfección aquel mensaje.

—Mamá, otro teatro de calle.

—No creo —dudó la madre.

Los dos se acercaron, los actores parecían estatuas heladas y doloridas, representaban muy bien su papel a juzgar por el mucho público que les rodeaba. Solo el silencio se escuchaba y algún tintineo del metal por las monedas que caían en un pequeño cubo de aluminio, muy de vez en cuando.

—Espera, mamá, quiero saber lo que pone...

"NO TENEMOS TRABAJO, NI COMIDA, NI CASA, NI ROPA, SE NOS ACABÓ EL PARO Y LA AYUDA, VIVIMOS CON NUESTROS PADRES, NECESITAMOS DE TODO, AYÚDANOS".

—Venga, lo leemos y nos vamos.

—Estos no tienen marionetas —dijo el niño.

—Es que esto no es teatro, hijo, es realidad —añadió la madre extendiendo un billete y echándolo en el cubo.

Y corrieron a toda prisa a resguardarse del frío de la calle.

ACTRIZ Y ACTORES CON CLASE

LA profesora llegó con alegría, moviendo su culillo con gracia. No diré su nombre porque lo que pasó no es para decirlo así a las primeras de cambio. Además a esta profesora todos le llamamos "Tablas". Llevaba un saco de ropas y telas, de cuerdas y cubos, de pelucas y maquillaje, de lápices y folios.

—Todo esto sirve para hacer teatro —nos dijo—, y como quiero que seáis creativos, lo haréis por parejas, aquí dejo este saco, os debéis inventar el personaje, los personajes, vuelvo en cinco minutos.

—¡Eso no vale! —dijo Teresa.

—Yo prefiero que me den un papel cualquiera —opinó Clara.

—Pues a mí me gusta, yo prefiero elegir, la última vez me tocó ser árbol y me cansé de extender mis largas ramas hasta que se apagó la primavera —se quejó Alberto.

—Sí y yo fui la "primavera", no veas la de bailes y danzas que me tocó hacer mientras tú estabas tan pancho, solo adornabas el decorado —confesó Paloma.

La profesora sale del aula. En un momento dado se rompe el diálogo, los alumnos y alumnas se arremolinaron en torno al saco del material y empezaron a sacar pelucas, cubos, chalecos, gafas, vestidos, echarpes, bigotes postizos y pintalabios varios.

Formaban parejas, lo más común chica con chica, y chico con chico, aunque al menos se formaron tres parejas de chico-chica, muy conjuntados ellos.

—Bueno, ¿y qué personajes haremos? —retó Pablo lanzando la pregunta del millón al aire.

—Si la profesora "Tablas" quiere que le sorprendamos podemos ser todos profesores, para que vea como nos fastidian a veces —sugirió María.

—Sí, eso estará bien, nosotros seremos los profesores y cuando vuelva le diremos que ella será la alumna estresada, llena de asignaturas complicadas —se vengó Sofía.

—¡Buena idea! —gritó Jorge.

—Necesitamos una pareja de profesores de Lengua —se puso a organizar a toda prisa Luis.

—Nosotros dos, que para eso tenemos buenas notas —dijo Juan señalando a Álex.

—Otra pareja de profes para *Cono* —continuó Luis sin pausa.

—Yo paso, prefiero ser profe de Inglés, que con el chungo bilingüismo no doy una —avisó Carlos—. ¿Quieres ser mi pareja, María? —se volvió para dirigir una mirada llena de picante complicidad a su compañera de pupitre.

—Yo me pido el profe de Educación Física —añadió Julia.

—Y nosotros seremos profes de Música, pero llevaremos guitarra, que de la flauta estamos bastante hartos ya —se ilusionaban Lucas y Marta.

—¿Y Matemáticas? ¿Quién quiere ser de Matemáticas? —voceaba Luis como si vendiera patatas.

—Tienes que ser tú Luis, eres el que mejor imitas a don Paco —dijo Pepa.

—Bueno, lo seré pero te elijo a ti de compañera.

—¡Eso no vale! —refunfuñó Pepa.

—¡Eso sí vale! —dijeron todos.

Escucharon ruidos en el pasillo, incluso golpes en la puerta pero siguieron organizándose así entre ellos.

Clara y Paloma serían los profesores de Conocimiento del Medio.

Alberto y Pablo, los profes de Plástica y Dibujo.

Y para terminar, los dos últimos alumnos, Sofía, ella sería la misma profesora "Tablas" y Jorge haría de profe de Religión, de cura don Santiago, vamos.

Se colocaron de dos en dos y cuando llegó la "Tablas" verdadera, moviendo con gracia su culillo, le propusieron:

—Hemos pensado que tú serás la actriz, serás la actriz más importante de nuestra clase, serás nuestra alumna preferida, y nosotros seremos tus profesores.

—¿Esto es una especie de venganza? —se defendió la auténtica profesora "Tablas".

—¡Noooooo! —respondieron todos mintiendo.

La alumna preferida se tuvo que vestir y maquillar como una niña bien, la acomodaron en el mejor pupitre, ese que está cerca de la mesa del profesor. Los profesores-niños se agruparon en parejas y fueron apareciendo frente a ella también de dos en dos en la mesa de enfrente.

—A ver, alumna preferida, necesitamos que nos dibuje una cartulina llena de texturas —dijeron Alberto y Pablo, cargados con multitud de colores en todos sus bolsillos, repartiéndole el material.

—Pero no se le olvide que debe realizar el examen mensual de *Cono* —advirtieron Clara y Paloma, con cara de primavera en sus mejillas. Y le dejaron el examen en la mesa muy diligentemente.

—El mensaje de Jesús es importante —sentenció Jorge, apareciendo de pronto, haciendo como que bendecía.

—Y para estar en forma debe dar cincuenta vueltas al aula —se atrevieron a decirle las profes de Educación Física, Julia y Teresa, dando saltos por doquier al mismo tiempo, e invitando a que se levantara.

—Y cuando termines —fueron corriendo tras ella—, tienes que cantar una canción en inglés que tú misma debes traducir. Lo sentimos mucho, alumna preferida, que estés tan estresada, dijeron Carlos y María.

—Imposible olvidarte de la redacción sobre el Teatro de la asignatura de Lengua —le recordaron Álex y Juan—. El tema era Calderón de la Barca.

—Imposible olvidarte también de tocar la pieza de Mozart con xilófono y triángulo, nosotros te ayudaremos con la guitarra —animaron a la actriz-profesora tocando unos acordes los profesores de Música, Lucas y Marta.

—Vale, vale, vale, he aprendido la lección, vuestra profesora "Tablas" ha aprendido la lección —gritaba encolerizada.

Pero en ese momento, apareció Sofía, la seño "Tablas", la profesora de Dramatización, imitándola con su culillo a la perfección, la rodeó como ella solo sabía hacer para decirle:

—Nuestra querida alumna preferida, nuestra querida actriz: espero que se haya dado cuenta que nos encanta hacer teatro siempre y a todas horas, pero debe entender que las tareas de todas esas asignaturas que los profesores nos mandan, nos impiden actuar como quisiéramos, así que hemos decidido que todos juntos vamos a cantar y a bailar en este escenario, que no es escenario siquiera, porque solo es un aula, para reivindicar que nos gusta mucho el teatro, pero con el tiempo y la dedicación que debe llevar el teatro en la escuela y en el instituto. Hagamos teatro, alumna preferida, pero vamos a hacerlo bien.

Y moviendo su culillo de cadera a cadera, la profesora "Tablas", mejor dicho Sofía, se alejó de allí.

Después pusieron la música a todo volumen y cantaron muy maquillados y transformados la siguiente canción, con la música que os podáis inventar o imaginar:

Teatro,
teatro,
el teatro enseña,
el teatro es diversión.
Transforma tu vida
en un poco de teatro,
aprenderás cosas
que no están en tu guion.

Teatro,
teatro,
aquí empieza o termina la función.
Sabemos que el teatro es un buen regalo,
el teatro es pura emoción,
el teatro dentro de la escuela
es todo un amor.

Y todos giraron y giraron repitiendo la canción hasta que sonó la campana que avisaba que llegaba la hora del examen de Inglés. Theater is love.

GRUPO INSECTIL

SÉ que los insectos amaban el agua, todos ellos sabían que sin agua no hay vida. También sabían que el agua podía quitártela, la vida. Por eso, seguirá siendo un misterio lo que pasó allí en una tarde. Una tarde en la que yo no estaba por culpa de la lluvia, del agua, del agua de la vida. Con mucho gusto rememoro a sus más entrañables personajes. Y lo hago con sus recuerdos del patio.

La araña conseguía mover sus patas con soltura. Mientras no dejaba de mirarte fijamente, se acompañaba de una risa burlona, aprovechando los chistes malos del resto de los insectos. Decía que venía de una tierra lejana y decían de ella que aquí era casi una forastera, pero el patio era grande para todos, cualquier día nos cambiaba el clima por culpa de la higuera y todos podríamos ir hasta su casa, hasta su pueblo marinero del que siempre nos hablaba.

El saltamontes era bizco de cuidado, sus alas las batía a discreción, o te miraba con la cabeza ladeada para asegurarse de que sus frases eran convincentes, o te miraba por encima del hombro sin atreverse a pronunciar gritito alguno que le dejara vacío de contenido. Su estrabismo era penoso, éramos incapaces de sostener la mirada pero aunque no podíamos dejar de olvidarlo, él ya hacía tiempo que lo tenía superado. En el patio se movía de forma rutinaria, era su sino, menos mal que de vez en cuando daba un salto que conseguía poner nervioso al más tranquilo y, zas, ya estaba en su ambiente, ya había conseguido superar el trauma momentáneo de saltar siempre a la derecha. Nunca lo explicó pero todos sabíamos que el saltamontes saltaría siempre hacia la derecha y nos protegíamos de aquellos sustos como podíamos, situándonos a la izquierda, claro.

La avispa tenía verdadera fijación por los insectos que no le solían caer bien, movía su aguijón de una forma alocada, a veces pensabas que te trataría bien, pero en un momento su cabecita de avispa se disparaba sobre ti con su peor proyectil de mala baba. Era de destacar con sus rayas de colores, con su aguijón brillante pero, una vez conocido su secreto maligno, ya no era posible que te convenciera con ningún mensaje, debías salvaguardarte de ella, no era trigo limpio, era muy parecida a una variedad de trigo duro llamado precisamente trigo avispa. Se alimentaba por ahí dándose viajes de placer a las fuentes públicas. Cada vez que salía, volvían sus rayas más gorditas, era de suponer que metía el aguijón muy a menudo entre sus víctimas. Yo simplemente me alejé de sus rayas de colores, ya no era un bebé de mi madre insecto, nunca me obnubilaron.

La pulga se tronchaba de risa sin venir a cuento, su rostro era más parecido a una mamífera rechoncha y feliz, pero se tenía que conformar con ser una pulguilla a veces olvidada, a veces imprescindible para la labor que hacía que no era poca, si poca labor era hacer pedagogía con los insectos más viejos de ese grupo insectil. Saltaba de aquí para allá como una loca y eso que ni sus patillas la acompañaban, pero ella saltaba y saltaba, reía y reía, ella creía que era feliz, pero no, no lo era, las pulgas no suelen ser felices si hay otros insectos que les ganan en tamaño y en desinterés por sus saltitos.

La mosca era una de nuestras patudas más sabiondas, acostumbraba a llegar al corrillo de insectos con uno de sus vástagos, una mosquita muy viva que no muerta, que apenas levantaba el vuelo, pero que por si acaso la debía tener lo más sujeta a ella. Sonreía de oreja a oreja, sí, era para tanto. Gracias al patio vivía como una mosca rica viniendo como venía de una zona pobre y destartalada. Le gustaban los dulces cuando en el patio alguien dejaba algunas miguillas sobrantes de desayuno o comida, y después de dárselas a probar a su joven mosquita, volvía a sonreír como una mosca afable, encantadora aunque algo pegajosa.

La langosta era la reina de allí, conseguía el mejor ambiente, casi todos reían, reíamos, casi todos mezclaban sus pareceres, ella saltaba por aquí, por allí, a derecha y a izquierda, no se crean ustedes; y nunca sabías por dónde aparecería a recriminar tus palabras, grititos o trabajo. Era toda una señora langosta de las que siempre venían de África, una señora langosta temida y respetada, no en vano era langosta, pero sin embargo organizaba el patio de tal forma que los insectos nunca tuvieron grandes problemas de convivencia, ni de uso de patio. Ella llegaba por allí, saltaba por allá, soltaba un recadillo por acullá, y en un momento todas nuestras alas y patas se dirigían en la misma dirección. Era lo que había, pero te lo decía con tanto cariño que aceptabas su criterio insectil, sabiendo que estábamos protegidos de cuantos mamíferos y plantas insectívoras se dejaban caer por el patio.

La mariposa macho lo sabía todo de la langosta y la respetaba, hasta tal punto de dejarla saltar por todas partes en el patio. La mariposa macho volaba, sí, pero lo hacía sin sobresaltos. Antes se quedaba parada en un rincón del cuadrilátero, observando a los miembros del grupo, batiendo sus alas para que nos percatáramos de su colorido, que volar haciendo ochos por los altos del tejado. La mariposa macho sabía que nada tenía perdido, conocía los proyectos secretos del grupo, algún día la langosta la dejaría volar a gusto, siempre deseó volar por encima de los límites del patio, volar sin miedo a que su pequeño corazoncito mariposeado corriera riesgo alguno.

La mariposa hembra se ponía siempre al lado de la mariposa macho, a veces tenía más capacidad de decisión sobre sus vuelos que él mismo, otras veces cada uno volaba por su cuenta, sin vuelos paralelos que les llevaran a un mal destino. La amistad era grande entre ellos, el colorido era muy distinto en sus ocho alas, cada cuatro, eran de color cian y amarillo en el macho. Las otras cuatro eran blancas y verdes con un tono rosado amarronado en la mariposa hembra.

El mosquito era uno de los más jóvenes llegados al lugar, zumbaba sin miedo dando vueltas por todos los rincones, a veces se hacía pesado, pero era normal, estaba aprendiendo a vivir rodeado de un montón de insectos en forma comunal. Eso ponía nervioso al más pintado, él siempre sonreía con la mejor sonrisa de joven mosquito apresurado, apresurado por vivir y volar a toda velocidad para alcanzar la cima, la cima o el más alto tejado.

La cigarra gozaba de la aceptación general del grupo insectil, su alegría natural nos contagiaba a todos, pero sobre todo por su culpa y responsabilidad alegraba en gran medida a los jefes, a la langosta, a la mariposa macho y a otros. Pero no crean que por ser cigarra tenía la mala fama asociada a las cigarras, no, ella cantaba y reía al máximo pero no dejaba en ningún momento su responsabilidad, su cometido en el patio. A veces, reía ya cansada, pues caía rendida en las hojas de algún árbol y hasta nos olvidábamos de que ella estaba allí tendida y silenciosa, esperando descansar y estirar sus seis patas inquietas y resueltas. Luego se despertaba y, ¡hala!, otra vez teníamos juerga para rato, pues la cigarra había descansado y era necesario que escucháramos los sueños que había tenido, lo que le pasaba de pequeña cuando aprendía a cantar a la hora de la siesta en el campo. Mucho cuento tenía aquella cigarra, pero ahora me río de todas sus historias.

El piojo nos visitaba de forma intermitente, más de una vez la langosta le debió llamar la atención por sus faltas de asistencia en el patio. El piojo siempre se escudaba en que su vida era encontrar cabezas que le hicieran la vida un poco más liviana, más agradable; no podía evitar ser parásito de un ser humano listo que pensara que ellos no existían, así se aprovechaba al cien por cien de los cueros cabelludos y cabellos. El piojo era serio, pero alguna vez intentó contar todo el proceso desde que fue liendre, y nadie, nadie de aquel grupo quiso escuchar los detalles de su vida parasitaria paseándose por la cabeza de cualquier niño rascoso de uñas y de comportamiento. El piojo trataba de defenderse pero siempre nos decía que lo que no puede ser, no puede ser y además es imposible, y que ser piojo en un patio era una tontería.

La curiana vestía con gran elegancia, casi siempre de negro, peinada y repeinada. La curiana se preocupaba más de la vida de los demás que de su propia vida. Solía colocarse cerca de la pulga y las dos chaspa que chaspa, ríe que ríe, así se les pasaba el tiempo a la pulga y a la curiana. Una vez se enfadó muchísimo con la pulga, pero no, no fue la pulga, fue con otro insecto del que no recuerdo en este momento su nombre y comenzó a soltar improperios no solo contra él, sino contra todos los que por allí pasábamos. Le gustaba ser escuchada pero no escuchar lo que se le decía, así el diálogo entre animalejos que andan por el aire y el suelo no fluye, es un diálogo fofo, es un hablar que no vale para nada, porque los sonidos siempre vienen de la misma parte, pero así era y así pensaba la curiana.

La cucaracha tenía cara de asco, nadie sabía por qué, pero posiblemente con las generaciones vividas ya se reflejaba en ella lo que la gente sentía a su contacto. Ante su visión, más de uno de aquel patio miraba para otro lado, no podían evitarlo, además era una fumadora compulsiva y no todos en el patio toleraban el humo que salía de sus pulmones o branquias o cómo se llamaran sus órganos de respiración y fumeteo. La cucaracha llegaba y al instante tres o cuatro del grupo se separaban ipso facto. Pobre cucaracha, lo de ser fumadora lo llevaban fatal, estuviera cómo y dónde estuviera su cigarrillo era infame y maloliente.

La libélula era la elegancia personificada, parecía volar, pero en realidad se trasladaba elegantemente por la atmosfera cargada de la tarde. Nos sorprendía a todos su clase natural para vestir las mejores y más vaporosas ropas y ropajes. La libélula se cuidaba al máximo sus alas, las acariciaba, las frotaba y las colocaba cerca de la lluvia cuando parecía que iba a llover para que se lavaran. La libélula tenía la facilidad para ponernos de acuerdo a todos sobre el tema que fuera, así que si la libélula no venía había que ir a buscarla porque era la paz con alas, así la llamaban todos los insectos del patio, lástima que no se quedara en aquel lugar para siempre, porque era un bichejo necesario.

El grillo, por su parte, respetaba a toda la fauna de patudos y alados insectos, se entretenía en excavar su futuro, quiero decir su cueva. Allí reposaba hasta llegar la noche cuando se ponía a cantar y a difundir todas sus bondades de gríllido orgulloso y superdotado. Si fuera un humano diríamos que era un doctorado universitario en humanidades musicales o lingüísticas. El grillo se cuidaba de otros grillos, más alejados de allí, porque temía perder sus patas, le habían dicho que había verdaderas batallas campales entre grillos, no estaba dispuesto a quedarse sin patas y sin alas, sin ellas sería el hazmerreír del patio. Imposible seguir llamando la atención a deshora, como a él le gustaba, quizás para llamar a alguna grilla ingenua enamorada o para deslumbrar a los compañeros de élitros.

La mariquita era tierna y locuaz, todos le sonreían, tanto si sus saltos eran buenos o eran cortos de pena. Era la niña del lugar, y solo con estar frente a sus pequeños círculos ya expresaba con ellos tanta gracia, que el conjunto del grupo insectil le perdonaba sus movimientos equívocos y traviesos. En ella trabajaba el refrán de "más vale caer en gracia que ser graciosa". Era una de las más recientes invitadas llegadas al patio y ella creía que siempre sería así, de momento era feliz saltando de pico a pico, de rama en rama y de canto a canto.

El abejorro era fuerte y pesado, pesado con su verborrea en alto grado; pero, como la mariquita, siempre fue ingenuo; aunque ya hubiera pasado de los muchos años que cualquier abejorro necesita para buscar abejorro hembra y buscarse de buen grado un enjambre adecuado para zumbar a gusto. Uno de sus últimos zumbidos le salió caro, debió abejear más y mejor, el zumbido lo requería, desde entonces, desde el desengaño o desaguisado, acudía con gusto a aquel patio florido y primaveral, incluso contaba detalles de sus desvelos abejeados, pero por mucho que abejeara por ahí, el abejorro no conseguía vencer ni con la mayor esperanza e ilusión las leyes de la desidia y del pasar del tiempo.

La polilla era un alma cándida, bella en su decrepitud, intelectual a su manera, será por eso que les gusta el papel con delirio y se lo comen todo, también el dinero-papel si se guarda y yo sé por sus confidencias que guardar, guardaba. Siempre iba con trapitos claros y elegantes aunque un poco pasados de moda; no importaba, ella era así, sin embargo los insectos la adoraban, sea porque muchas veces era responsable de sus aconteceres, sea porque ya se habían acostumbrado a su risa brutal y desacompasada, aquella polilla no tenía otro patio a donde llevar sus alas victoriosas, era su espacio, no había más, era su vida aquello y todos los sabían, guardaba secretos inconfesables que harían llorar a más de un insecto patoso, pero los guardaba a discreción, los secretos, digo, y finalmente afirmabas con ella en los secretos eran eso, secretos, y los respetabas.

La mantis religiosa puede que no fuera tan religiosa pero sí que era mantis, querida y amante de sus amigos, ¿de cuáles?, por supuesto de la langosta, de la libélula y del abejorro. Tenía muy buen concepto de la amistad, sobre todo de la amistad. Si era mal amante o asesina de machos, eran habladurías, porque no siempre las mantis religiosas se comen al macho tras su unión placentera, nuestra mantis se había integrado tan bien en el grupo del patio que hubo algunos que a sus espaldas comentaban que se había "pasado al patio". Pero no era cierto, simplemente lo justo, teniendo en cuenta que tenía varios ojos, incluso uno de 180 grados de visión y un oído en el tórax que le dejaba oír todo lo que pasaba en aquel cuadrilátero. ¡Y pasaban tantas cosas!

El gusano de seda, con su gusano hembra, se afanaba en comer toda la morera que caía del árbol más próximo. A veces el viento del destino le ayudaba y le mandaba alguna ramilla para que tuvieran para alimentarse durante varios días. Supongo que disfrutaba siendo gusano de un patio importante, se le veía feliz con su gusano hembra. Su queja era continua contra ella, pero todos sabíamos que la quería, llevaba muy a mal que lo compararan con los gusanos informáticos, sobre todo porque su vida era tan bucólica, tan encerrada en lo natural que no se entendía eso del hardware; pero ser gusano de seda lo llevaba muy bien, a sabiendas de que en unos pocos días serían, junto a su gusana, dos mariposas que construyen capullos y crean seda. Un lujo a difundir o un secreto gusaniento.

El escarabajo hembra de catorce puntos llegaba con sus catorce escarabajitos a controlar el cotarro, pero se encontraba la mayoría de las veces que ya estaba controlado, por lo que debía muy a menudo esconderse bajo tierra. Eso sí, se fijaba en todos los miembros del patio y los miraba con mucha desconfianza; no escuchaba lo que algunos decían o querían comunicar, simplemente observaba cómo hablaban, o su colorido de ojos, o de alas o de patas. Eran tan variados los animalejos del patio que se le pasaba el tiempo al escarabajo escuchando y creando una imagen muy personal de ellos a juzgar por cómo los miraba. Mientras, los escarabajitos, que apenas unos días atrás eran larvas, aprendían a un ritmo frenético con su madre sobre escarabajos peloteros y escarabajos patateros. Con el poco tiempo que tenía aquel escarabajo con sus crías y el tiempo que perdía en observar a los demás insectos. Manías de coleópteros acomodados.

Yo, como nuevo insecto en llegar a ese patio florido y pleno de vegetación, que principia a codearse con miembros importantes de un grupo insectil no menos importante, me limitaba a observar un poco, también como el escarabajo, a todo quisqui y a disfrutar de la diversión que me proporcionaban los asuntos del patio. Reconozco que fui feliz mientras duró, el patio se convirtió igual que para muchos casi en la casa de una nueva familia. Donde vayas haz lo que puedas para quedarte como en casa o que ese lugar se pueda convertir en tu hogar, me decía siempre mi saga familiar y con razón.

Hoy todavía no sé lo que pudo pasar en aquel patio, unos dicen que un incendio provocado destruyó la vegetación, y que los pobres animalillos andaban de aquí para allá sin saber a dónde ir, atolondrados por el humo, sin encontrar una salida para su salvación. Dicen que nunca más quisieron volver al patio donde se desarrolló la mayor parte de su vida.

Otros dicen que fue una inundación la que provocó el caos, algún insecto mayor recuerda que el agua, maravillosa siempre, aquella tarde no lo fue tanto y todo quedó encharcado. Los insectos debían tener un gran problema de comunicación aquella caótica tarde, porque no les dio tiempo a avisar con ninguno de sus habituales medios, ni de gritar con vocecilla de insecto, o frotación de alas, o de miembros, lo que estaba pasando.

Yo creo que, por mucha agua que se derramara de una hipotética tubería en el patio, alguien debía haber dicho algo. Lo suficiente como para evitar el desastre de la desaparición de mi gran grupo de insectos por los que ahora lloro como nadie.

Los testigos que escuché hablar de aquello no se ponen de acuerdo, unos dicen que en el patio alguien se dejó el grifo abierto de una fuente y que ni la avispa, verdadera experta de las fuentes y el agua, pudo registrar en sus antenas tal peligro.

Otros hablan de un insecto kamikaze, del que desconozco su identidad, al parecer no estaba de acuerdo con las condiciones de la comuna en la que vivíamos y hubiera sido el responsable de lanzar una explosión en el patio, una explosión de productos químicos, en este caso estaría ayudado por algún insecto intruso, no habitual de nuestro patio o de otro género patudo; pues que lo hiciera él solo, era inviable, era imposible que cualquiera de nosotros por sí solos fuéramos capaces de dañar a un patio entero conquistado a los seres humanos. Quizá un escarabajo bombardero con su hidroquinona y su agua oxigenada almacenada en su cuerpo, y con sus más de cincuenta disparos al aire en su defensa, habría sido el origen de tan mala tarde, pero yo no quiero acusar a un insecto que no sea de mi especie, ni siquiera de mi misma especie.

Yo solo sé que tuve que salir corriendo por aquel descampado al ver la columna de humo que salía de mi patio, y correr mucho más al ver las mangueras de los bomberos preparadas para descargar agua. En mi desesperación, creí ver escaleras enervarse y salir de los camiones, luego algo o a alguien debían estar buscando.

Otros me han dicho que habiendo patas y alas no hay paz posible, y que lo que ha pasado es que unos se hayan comido a otros y así todos menos uno hayan desaparecido. No creo yo mucho en eso, sabiendo que de momento solo yo he sobrevivido. Las culpas pronto caerían sobre mí.

Y otros, los más osados, aunque yo tampoco les creo, dicen que el patio era un nido de adormideras, que sin saberlo mis compañeros los insectos, había algún humano desconocido que entraba en él y nos utilizaba para crear proteínas que luego eran introducidas en drogas prohibidas. Si esto es así, miedo me da que los insectos hermanos se metan en otro patio lleno de vegetación.

Habrá que observar los movimientos de los insectos y de los humanos.

Y eso es lo que hago, de momento estoy estudiando e investigando a los insectos, en su relación con el agua. No es por nada pero prefiero ir por el camino húmedo para intentar comprender a los "seis patas". Sé que aprenderé mucho, escuchen, escuchen mis postulados:

He comprobado, por el cariño que les tengo, les tenía, a los miembros de aquel patio que la araña acuática tiene su propia campana de buceo, ella se crea un depósito de aire que arrastra y lo va gastando. Supongo que mi compañera no pudo hacerlo aquella tarde.

Que el saltamontes es capaz de beber agua y de comer lechuga. No sé yo lo que comió esa tarde mi compañero de patio.

He descubierto que la avispa es tan consumidora de agua porque la mezcla con madera para fabricar los avisperos que son su casa, nunca me dijo nada.

Que la pulga de agua es usada para saber si una laguna está contaminada. Quizá ella no era una pulga de agua. No sé, no sé.

Que a las moscas no les gustan las bolsas de agua que colocan en lo alto para que se vayan, porque funcionan como una lente de aumento por la que ellas se dan cuenta de que hay movimiento y no se acercan. Mi amiga la mosca nunca me lo dijo.

Que el agua de lluvia multiplica en los desiertos a la población de langostas. Ya sé, ya sé que eso me queda lejos.

Que una gota de agua puede hacer mucho daño a una mariposa, por eso las mariposas se esconden de la lluvia. Esa tarde llovió, por eso yo no estaba. ¿Se esconderían mis amigas mariposas también por eso?

Que el mosquito camina sobre el agua, y hay científicos estudiándolo para poder hacer lo mismo. ¡Qué gracia!

Que hay algunas cigarras que pueden volar y nadar bajo el agua e iniciar su vuelo desde la misma agua; mi cigarra nunca me dijo nada, pero puede que lo hiciera esa tarde. Que saliera volando. ¡Ojalá!

Que los piojos son resistentes al agua y se pueden contagiar en la piscina. Mi amigo piojo ya me decía que él no pintaba nada en un patio como ese. Lo suyo era tener cabeza.

Que las curianas y cucarachas son igual de resistentes al agua, por eso me resisto a aceptar que todas en el patio hayan desaparecido.

Que las libélulas se desplazan por el agua con una especie de propulsión repentina que echan por el culo. Mejor no le digo nada a mi jefa libélula, mejor que aparezca ya, y luego me río de la propulsión en sus narices. ¿Las libélulas tendrán narices? Ya me he enterado, tienen branquias.

Que los grillos beben agua constantemente, nunca me di cuenta que mi compañero grillo fuera tan bebedor, siempre estaba cantando.

Que a la mariquita le gusta tomar agua con miel, ¡no imaginé que mi compañera fuera tan golosa!

Que las abejas y abejorros se cansan a veces de acarrear polen y a veces quedan desvanecidos en el suelo, y hay humanos que les ofrecen agua con azúcar y los reviven. Espero que de verdad haya revivido.

Que las polillas como van a la luz hay quien les pone trampas y naftalina para que caigan, ¿dónde estará ahora mi amiga polilla?

Que las mantis religiosas se usan como mascotas, pero se deben rociar muy a menudo con agua para que el frescor les sea agradable, incluso he visto a algún humano loco que le da agua con una cuchara de plástico. ¡Qué fe!

Que los gusanos de seda no beben agua ni hay que ponerles un vaso orilla. Eso ya lo sabían mis amigos gusanos, nunca bebían nada.

Y que el escarabajo africano, a fuerza de no tener agua en el desierto, aprovecha las nieblas matutinas para que esa humedad le llegue a la boca y calme su sed. Un científico como yo, pero humano, está inventando un aparato que recoge medio litro por niebla y día.

Son secretos de insectos relacionados con el agua, muchos investigadores los saben y todo investigador que se precie, debe seguir investigando lo que pasó en nuestro patio, aunque el agua no tuviera la culpa.

Pero hay también secretos de insectos relacionados con el fuego, como el de las velas y las pulgas, pero eso es otro secreto que algún día contaré. Como contaré también la relación entre los insectos y los humanos, pero para eso me ayudaré de mi prima la luciérnaga, a ver si me ilumina.

Me acuerdo tanto de mi patio y del grupo insectil… ¡Qué sed tengo!

TETERÍA SECRETA

UN halo de luz escaso y cálido iluminaba aquel local de imágenes y alfombras rojizas con paredes enteladas y misteriosas. Hacía poco tiempo que había abierto la nueva tetería, la llamaron Secreta, aunque en realidad en los papeles decía llamarse Tetería El Secreto, tal vez porque sus citas, conversaciones y rituales serían algo secretos para el cliente, siempre ávido de descansar y relajarse frente a una taza humeante o una copa, buscando anonimato y cierto encubrimiento del ocio y el descanso.

Afuera, un cartel con unos labios femeninos pintados en actitud de asombro, parecían decir que la chica acababa de tener una gran sorpresa, o de conocer un gran secreto, tal vez el gran secreto del local que no todo el mundo conocía, si es que realmente existía el famoso, publicitario y declarado secreto. Muy sugerente en cualquier caso como invitación a visitar el local al menos una vez en tu vida.

Desde algo más de dos meses, una joven pareja se había ilusionado con el proyecto, su proyecto de mezclar el servicio del té, es un decir, porque por supuesto que disponían de todo tipo de té, de todos los colores y sabores, sin despreciar refrescos, cervezas, vinos y alcoholes varios, junto con otros servicios de actividades culturales tales como los recitales de poesía, conciertos de música, presentaciones de libros, cantautores, etc.

Pronto se corrió su fama en bebidas calientes, incluso en infusiones frías. En cambio las tapas y aperitivos no destacaban apenas: patatas fritas, almendras, panchitos, quicos y poco más. Se echaban de menos dulces árabes,

137

bollos ingleses, sushi japonés, pasteles hindúes y rollitos chinos para adornar la gran gama de tés en potencia que la joven pareja estaba dispuesta a servir, a juzgar por la variada carta de tés que de hecho ya se servían en la Secreta.

Pero además allí olía a té, allí siempre olía a té, yo creo que las telas, cojines y alfombras estaban perfumadas con aromas de té para ambientar el sitio. O tal vez los muchos tés servidos en esos cortos meses habían provocado ya que los aromas se impregnaran en las telas de colores que bajaban del techo o cubrían las paredes con tan buen ornato.

La dueña era la chica, Chaimae, morena y de pelo largo, que solía recoger a modo de trenzas modernas desde la coronilla, solía estar vestida con un kimono de color violeta y flecos en los bajos como final de una gran mandala de flores representativa de las fuerzas de la naturaleza; caminaba despacio, como en volandas, con suma elegancia, cargaba con la bandeja del servicio de té, y al darse la vuelta invitaba a la meditación y reflexión de un modo directo, incluso dándose cuenta el cliente de sus dúctiles movimientos y gran atractivo femenino y sensual, no paraba de moverse enamorando a los clientes y clientas con su sabiduría oriental, tal vez heredada de alguno de los países allí representados en sus tés. Pocos sabían de dónde procedía, no lo quería decir a nadie, ciudadana del mundo, como mis tés, pero lo más normal es que proviniera de un país árabe, tampoco sus rasgos la delataban, puro secreto, largo misterio.

El humo del incienso acababa de dar ambiente místico a aquellos rincones tan bien decorados, provistos de sillones y sofás donde el confort se aliaba con la luz y el tiempo de ocio. Se podría decir que Chaimae ayudaba a conseguir con su especial trabajo el mejor ambiente, transportando recuerdos y vivencias de otros sabores y culturas, incluida la suya.

El camarero a ciertas horas, aunque no socio de Chaimae, porque era profesor y disfrutaba de dedicación exclusiva en la docencia, era Iván, joven alto, de pelo castaño y corto, amante de viajar por todo el mundo y orgulloso de haber visitado casi todos los países donde el té de La Secreta era protagonista. Docente en matemáticas, su grupo de trabajo lo componían alumnos y alumnas adolescentes de doce años. Iván solía acercarse por las tardes a la tetería, una vez que salía del instituto y en casa había comido.

Algunos grupos de jóvenes se reunían para organizar sus actividades y proponer las actuaciones que Chaimae, armada con papel y lápiz apuntaba siempre que tuviera fechas disponibles: Un recital del grupo de escritura *A renglón seguido* para el último fin de semana del mes, un concierto de *María IV* para el día quince del mes siguiente, otro del grupo *Black* para el veintidós, uno más del guitarrista *Andrés* para dentro de dos meses al inicio del verano...

La tetería disponía de una gran pizarra negra con tizas de colores donde se dibujaba un gran mapa del mundo, en Argelia se anunciaba un té verde a la menta con cardamomo por apenas cuatro euros, alguna vez lo sirvieron a un argelino barbudo que pasó por allí, medio despistado, que se atrevió a decir su origen, miraba a Chaimae con miradas sibilinas y cruzadas de deseo y asombro, aprovechando que Iván se metía en la cocina para seguir preparando infusiones al resto de clientes.

Por el mismo precio en la pizarra se vendía un té tunecino a la hierbabuena con flores de azahar y piñones que siempre fue del gusto de las muchachas jóvenes llegadas hasta allí, bien en grupo o con acompañante. Un té turco a la manzana y canela que nunca había sido servido aún, tanto Chaimae como Iván no se lo explicaban, habida cuenta de las veces que ellos mismos se lo prepararon y bien que les gustaba tomarlo y recomendarlo, pero nadie se decidió por ese lujo de Turquía llamado *Capricho de Estambul*.

La hierbabuena dentro de los vasos no podía faltar en La Secreta, sobre todo en el té llamado *Jeque* igualmente con menta y azahar, publicitado en el mapa en Arabia Saudí. El té blanco se había instalado lógicamente en China, en la negra pared de la pizarra destacaban un par de flores blancas con abundantes hojas verdes que parecían salirse del encerado, enriqueciendo la vista. Y compartía espacio en el mapa con el té rojo, donde un horroroso *post-it* de color pistacho indicaba que era muy aconsejado para las dietas adelgazantes.

En el punto dibujado de la India destacaba un té negro, un *chai* con especias como canela, jengibre y azúcar moreno, algo más caro y un té también negro con chocolate y fresas. En Japón se exponía con claridad un té verde *Sencha*, con una foto formando un corazón de hojas y semillas.

Para terminar el paseo por el mundo que La Secreta ofrecía estaba un té nombrado *Generalife andaluz*, colocado a la altura de Granada, con menta, té verde, cardamomo, hierbabuena y azahar, además de un té llamado *Velo tropical* de Marruecos, muy sugerente, donde se mezclarían aromas naturales con trozos de piña, papaya, fresas y pétalos de flores, toda una delicia para los sentidos de quien lo pudiera degustar en La Secreta.

Ya fuera del mapa aparecían diversos tés con leche, tés especiales, tés a la naranja, té al limón, a la vainilla, al clavo, té frío y por supuesto el clásico té con leche.

Chaimae era feliz entre las teteras, las tazas, los cacharros y los aromas varios, esperaba tranquila cada día que Iván llegara, tanto si tenía clientes como si no.

Si no los tenía, se entretenía en la lectura de libros en varios idiomas que guardaba en las estanterías de la sala, ni qué decir tiene que también estaban a disposición de los clientes, acostumbraba a actualizar los títulos periódicamente, como ella misma era buena lectora, ese trabajo no le costaba especial esfuerzo. Tan solo se acercaba a la estantería y al sillón blando, como le llamaban, se colocaba donde la luz le permitía leer con nitidez, comodidad y ganas. Si llegaba algún cliente, simplemente se levantaba e introducía un punto de lectura de encaje que guardaba, regalo de una amiga de un pueblo vecino, nunca le importó interrumpir lecturas, eso significaba más trabajo y mayor beneficio.

Pasaron las semanas, algo rutinarias, de lectura y trabajo, salvo los fines de semana en que los grupos y actuaciones se repetían, entonces la pareja daba al local de La Secreta más dedicación. El negocio se llevaba bien, si se vendían libros, ellos se quedaban con un pequeño porcentaje. Una tarde, Chaimae esperaba, estaba preocupada por Iván, faltaba poco para que terminara el curso, tal vez por eso se retrasó aquel día. Como no llegaba, dejó de leer y se asomó a la calle por si lo veía venir. Pero, nada. Una llamada de teléfono y no hubo respuesta. Muy preocupada, de nuevo a la puerta, de nuevo al teléfono y a repetir durante media hora los mismos pasos.

De pronto, Iván apareció, mostrando una maleta grande:

—No me preguntes nada, no sabría qué contestarte, perdona.

—Pero, qué está pasando, ¿y esa maleta?

—No preguntes te digo, espera, voy a dejarla dentro.

Iván trasladó la maleta azul de ruedas hasta la sala próxima donde guardaban una pequeña cama mueble tapada con una manta, un sofá en desuso, y una mesa con sillas. Esta sala adyacente se alquilaba a veces a comunidades de vecinos durante horas desde el comienzo de la tarde, para que consensuaran sus problemas y necesidades, a cambio de unas consumiciones varias que a veces el mismo administrador abonaba a ellos.

Iván dejó la maleta dentro, estuvo un instante y salió, se metió las manos en los bolsillos y la miró a los ojos.

—¿Qué pasa? —inquirió Chaimae.

—Pues lo que tenía que pasar, Chaimae —habló bien bajito—, cuando he salido del instituto una alumna se me ha metido en el coche, llorando muy asustada, me ha contado que hoy se tenía que ir de viaje con sus padres a Marruecos y desde allí a su país, Eritrea, ella ya está adaptada a nuestra cultura, se niega a volver a su país, sus padres quieren casarla este mismo verano, pero antes tienen que practicarle la ablación, y ella no quiere... Me ha pedido ayuda.

—Eso es un horror, y ¿dónde está ahora?

—En la sala —dijo señalando a la puerta de la misma.

—¿En la maleta?

—Sí.

—Pero vamos a sacarla de ahí se va a asfixiar…

—Tranquila, ya la he sacado.

Corrieron hasta la sala, Chaimae la abrazó efusiva. La niña lloraba, había confiado en Iván, y allí estaban los tres sin saber qué hacer, ni qué decir.

Una llamada de teléfono para el joven crispó los nervios un poco más del trío.

—Dime…

—…

—Sí, es verdad, ha estado conmigo en clase, puedes ver las faltas en la plataforma, no tiene falta, la chica ha venido, ha estado conmigo.

—…

—Voy para allá enseguida… Me voy, dice la directora que sus padres están allí, en el instituto, dicen que no ha llegado a casa y eso que tenían un viaje pendiente.

Chaimae se lleva las manos a la cara, a la cabeza, a la cintura, camina nerviosa, su mandala se mueve a un ritmo nuevo, al ritmo que le da la preocupación y una conducta prohibitiva.

Iván se marcha y las dos chicas se quedan en la tetería, guardando el secreto, guardando distancias, guardando silencio, guardando las formas y guardando la maleta debajo la mesa, en el rincón más alejado de la vista posible.

Chaimae prepara un té blanco con leche para ambas, es hora de compartir un gran secreto, primero tomarán té en aquella sala, luego pensarán qué hacer, tal vez venga Iván con sus padres, con la directora y se aclare todo, tal vez ahora mismo entre un grupo de chavales dispuestos a hacer actividades de las suyas, y ella se ponga nerviosa por no poder atenderles como se merecen, tal vez suene el teléfono de nuevo y sea Iván desde el instituto para darle instrucciones, tal vez venga la Policía, a veces vienen a tomarse un café mientras ella trata de convencerles de que es mejor un té, tal vez aparezca la persona que un día intentó hacer con ella lo mismo que quieren hacer con esta pobre niña, casi puede verla.

Tal vez la Tetería El Secreto quiera desvelar algún secreto más mientras Iván vuelve, pero allí la niña estará segura, al menos durante unos días, puede que durante unas semanas...

EL POEMA DE EMMA

L A niña escribió un poema más, hacía frío afuera, también dentro del cuarto aunque bastante menos por el calorcillo de la manta de cuadros. Cuando acabó el que parecía ser el último verso de su composición, se llevó las manos a la boca y expulsó su aliento en un intento de recuperar algo de calor para sus dedos.

Mientras lo hacía releía el poema.

Lo recitaba como si le fuera la vida en ello.

Esa era su costumbre desde que empezó a escribir los primeros versos en la infancia.

Tomaba el papel, lo levantaba y lo leía de nuevo, pero esta vez levantándose ella y girando con gracia de ágil bailarina por la habitación con la manta cual capa.

Y lo repetía y repetía hasta que casi lo podía recitar de memoria.

Y lo recitaba otra vez.

Luego lo dejaba descansar sobre la cama y volvía a él pasados unos minutos que aprovechaba para leer el libro o libros que tuviera en la mesilla de noche.

Lectura y escritura se turnaban en su cama, en sus manos y en sus ojos, en su imaginación…

Lectura y escritura iban a la par, de tal forma que no podía prescindir de ninguna de aquellas disciplinas, de aquellos hábitos a los que se entregaba con su voz, con su alma y con su interpretación de la palabra.

Ella, la palabra, la acompañaba por doquier, no era nada sin ella, se alimentaba con ella, jugaba con ella, a veces se tiraba horas leyendo el diccionario, era uno de sus juegos favoritos.

Ella lo abría por cualquier página y seguía sorprendiéndose de la cantidad de voces y vocablos nuevos que el sustancioso libro retenía.

El diccionario para ella era como un gran amigo al que no acabaría de conocer nunca por muchos poemas que escribiera.

Era un compañero al que debía imitar, al que debía respetar y al que debía acudir siempre que una de sus queridas palabras le hiciera tener una pequeña duda o un gran desconocimiento de su verdadero significado.

El poema que acababa de terminar la niña era de temática navideña.

Siendo así, las palabras y valores sobre la paz, bondad y humanidad resaltaban sobre otros que la jovencísima poeta utilizaba en diferentes meses del año.

"Ven —decía—,
la Navidad te espera con sus cánticos,
diciembre se ha enfriado
porque todo el calor se fue al Pesebre.
Ven,
no te escondas en estas fechas frías,
el calor ha de salir a flote,
como un bebé nos nace
y se llena de vida."

El poema reposaba encima de la cama.

La niña acababa de leerlo y releerlo.

Abrió la ventana un momento, le pareció ver que nevaba, pero no, los cristales estaban mojados y tintineaban a la fuerza del agua, pudo darse cuenta enseguida que solo era lluvia y viento lo que a ella se acercaba.

Unos golpes en la puerta la hicieron salir a la fuerza de su aparente calma:

—Emma, perdona, tienes que salir, papá ha vuelto a hacerlo, ayúdame.

Era su madre.

Desde hacía dos meses cuidaba al padre de Emma con todo su esmero, una traicionera enfermedad le dejaría molidos los músculos, esa enfermedad tenía nombre, claro que tenía nombre…

Pero Emma se negaba a nombrarla, odiaba esos vocablos médicos que nada bueno presagiaban, ambas mujeres, madre e hija, habían hecho como una especie de pacto para no nombrar más de lo debido, es decir nada, el nombre de la enfermedad de su padre y marido.

Y su padre acababa de hacerlo, se había vuelto a caer como un niño pequeño, su madre necesitaba de la colaboración de Emma, imposible levantarlo con un par de manos.

Mejor si eran cuatro.

Al abrir la puerta, la corriente provocó que el poema de la niña revoloteara fuera de la estancia y que las hojas de la ventana chocaran entre sí.

—¡Emma, cierra, cierra la ventana!

—¡Mamá, mi poema!

—Vamos, corre, papá está solo, tenemos que ayudarle, luego vienes…

Y las dos salieron con prisa, dejando la ventana cerrada.

Pero el poema caía gravitatoriamente por ese tercer piso hasta una acera húmeda y encharcada.

El padre de Emma la miraba con ojos de ser capaz de entenderlo todo.

—¿Qué ha pasado con tu poema?

—Ha volado por la ventana, pero no importa, papá, ahora me abrigo y me voy a buscarlo, además casi me lo sé de memoria. Lo importante es que a ti no te ha pasado nada.

Entre las dos mujeres colocaron al hombre en el sillón, lo acomodaron.

La madre de la niña reflejaba la preocupación de algo más que una caída más o menos insignificante, pero no pasó un segundo más cuando Emma corrió a ponerse el abrigo y los guantes para bajar la escalera en sus tres tramos sin ascensor y ponerse a buscar su poema en la acera.

No lo encontró, ni estaba en la acera, ni entre los coches aparcados, ni tapado por las hojas caídas de los árboles, ni en la calzada, ni en ningún charco flotando o pisoteado.

Además no había nadie por la calle.

Emma subió a casa con desánimo.

Intentó recordar todos los versos, pero había uno que no le salía por más que intentaba pronunciarlo, lo volvió a escribir pero algunas palabras no se colocaban en el sitio que debían colocarse.

"Ven,
acércate al origen si estás solo,
recuerda a tu familia aunque te duela,
el tiempo todo lo hiere,
el tiempo todo lo cura,
pero..."

Imposible seguir con este verso.

Emma apenas podía recordarlo, volvió a abrir la ventana para adivinar la trayectoria que siguiera el poema, pero abajo el agua ya formaba sus pequeños charcos y del papel escrito, nada de nada.

Bueno, no era tan terrible, un poema incompleto de Navidad no es lo peor que te puede pasar, sobre todo si tienes un padre con una enfermedad degenerativa en un tercer piso sin ascensor y solo dos mujeres para atender su movilidad. Tampoco era tan terrible.

A Emma le sobraba optimismo, eso decía su madre, además a veces los de la ambulancia les ayudaban a subirlo y ellos sí que tenían fuerzas.

Quizá Emma tendría que escribir otro poema sobre su padre, pero es que le resultaba imposible, bueno, si no imposible, sí muy difícil.

Y no se puede decir que no lo intentara, ya había escrito varios como este. Pero los escondía o los rajaba.

No quería que nadie los descubriera.

"Queridos Reyes Magos:
un ascensor os pido
para mi padre,
un ascensor que lo suba y lo baje
desde el cielo hasta el suelo,
desde el suelo al tercero,
porque él no sabe.

Un ascensor
que le deje a mi madre
estar descansada y tranquila,
poder darle paseos
y en esa silla,
deslizarse con ruedas
como piernas de estreno,
o creer que sube los escalones
haciendo reverencias
como un camello.
Vosotros sois los Reyes,
no os cuesta hacerlo,
¿qué será un ascensor
para vuestros desvelos

si en una Cabalgata
cualquier Rey que se precie
puede traerlo?

Ahora, es invierno
y mi padre no sale
pero en la primavera
mira los árboles,
se asoma a la ventana
y cuenta los peldaños
y los días que faltan
para bajar sin traumas
y volver a subir
al tercero que es nuestra casa.
No sé la Navidad que nos queda,
ni cómo es la Navidad que nos falta,
pero, si es una Navidad
la que a mi padre le queda por pasar,
quiero que sepan
que la primavera va estando ahí,
detrás del frío,
y con el ascensor
mi padre podrá
subir y bajar
siempre a buscarla.
¿Acaso no lo hacéis vosotros con la estrella?
¿Acaso no lo hace Papa Noel con su trineo?
Yo no pido una estrella ni un trineo
pero sí un ascensor que mi padre lo vea
aunque solo le sirva para creer
en una futura primavera".
...

—Emma, ha subido la vecina del segundo, dice que
se le ha colado el papel con tu poema por la terraza,

y que ha estado a punto de quedárselo porque le ha gustado mucho, ya sabes que te apoya en tus escritos, pero te lo devuelve, tu padre lo está leyendo, ¿vienes?

—¡Sí, claro!

—Me gusta cuando dices:

"El tiempo todo lo hiere
el tiempo todo lo cura
pero la Navidad vuelve
de eso siempre estaré segura".

—¡Gracias, papá! Ese es mi último poema —dijo Emma mintiendo.

EL SOL NO ENGAÑA

LO sé, que esta es mi ciudad, que me siento a gusto en ella, pero aquel día soleado no era un día cualquiera para salir de casa a la calle y mirar escaparates, ni siquiera yo era la misma persona.

Me metí en el cuarto de baño y salí asustando al miedo.

Me puse un gorro de baño transparente, regalo de un viejo hotel del norte asturiano, una mascarilla casera de un precioso color rosa, ¡vamos, para ahogarse!, hecha con una cuadrícula de bayeta absorbente, lo más parecido al TNT (tejido no tejido) que publicitaban. Dentro de ella, otra mascarilla casera mojada, hecha con una toallita desmaquilladora, unos guantes amarillos de los más bastos que te puedes llevar a las yemas de los dedos, y una ropa cualquiera que a la vuelta metería en la lavadora, ¡y a la calle!

¡Era la primera salida en varias semanas!, me sentí hasta con miedo de encontrarme a un policía y no saber responder de por qué me encontraba a un kilómetro de mi casa buscando farmacia. Era la primera farmacia de tres listas, me llamó el farmacéutico, no era cuestión de perder oportunidades. Las mascarillas estaban "nada más-baratillas" y sí "muy más-carillas", o lo que es lo mismo, caras y apenas existían.

Entre tanto preparativo, incluidos los zapatos del hall, con las suelas mojadas en lejía, no me di cuenta que la hora de los aplausos de las ocho se acercaba y no quería que me pillaran.

Salí aprisa, no deseaba que me viera nadie con esos artilugios en mi cuerpo, y creo que me olvidé de uno: el protector que hice con una visera y una tapa de carpeta transparente. Todo me parecía poco para protegerme, pero llevar el protector visual de la diadema…, eso me parecía demasiado y lo dejé para la siguiente salida un poco más psicodélica y extravagante si cabe.

Reconozco que pasé miedo en el ascensor, tocando los botones con el codo.

Me llamaron la atención tantas tiendas cerradas. A medida que andaba iba pensando en el precioso sol que iluminaba mis pasos, ¡menudo día hacía! El sol se veía en los tejados, y en algún balcón con las puertas abiertas con música escandalosa algo indiscreta. También se reflejó un poco al cruzar una calle que siempre estuvo ahí llena de vida y que ahora se me hacía muy vacía de almas.

No sé si fue el sol, o ver así la calle lo que me hizo llorar de emoción y anduve rápido, sufrí como en una pesadilla urbana que pudiera estar soñando. Mi ciudad parecía otra, sus calles estaban como distorsionadas, muy extrañas. Quizá era yo las que las distorsionaba con mi nueva mirada. Parecía increíble que las estuviera pisando con el sol que me daba de lado. Entre medias del pánico, mi pensamiento, hasta llegar a la farmacia en cuestión, fue pensar en las tiendas.

Mi abuela tuvo tienda. Mi tío tuvo puesto también en el mercado.

Y yo me he dedicado a vender palabras como estas, pero me dio por pensar en esa tarde en ¿qué haría la óptica para mantener a tres clientes dentro, aunque fuera con cita previa? ¿Qué haría la tienda de trajes de caballero sin una buena web? ¿Qué haría la chocolatería estrecha para vender su rico chocolate con churros dentro o fuera, o para celebrar meriendas familiares? ¿Qué haría la tienda de ropa china para convencernos de sus buenos precios? ¿Qué haría la tienda de zapatitos infantiles? ¡Y mira que a los niños les crece el pie deprisa, más rápido que el sol se da una vuelta delante de nosotros como está haciendo ahora conmigo!

¿Qué haría la joyería para dejar probar los anillos de boda? ¿Qué haría la boutique de diseño con ese probador más estrecho que un sillón de coche? ¿Qué haría la tienda de las chuches? ¿Alguien sabe el origen de los fabricantes de dulces? ¿Se los daremos sin miedo a nuestros niños? Por todo habría miedo…

¿Qué haría la zapatería con sus rebajas de las mejores botas? ¿Podremos usarlas en el campo, en nuestros huertos o en nuestros senderismos?

¿Qué hará la tienda de regalos? Llevamos muchas fechas pasadas sin poder regalarnos, si acaso regalos virtuales o de tartas caseras.

¿Qué hará la tienda de los trajes de primera comunión? Con mis rápidos pasos en este más que raro paseo urbano y casi prohibido, recordé que todo lo programado en primavera se pasaba al otoño. También las comuniones. Bueno, la celebración de las primeras comuniones.

Fijaos cómo el sol nos ordena y pone fecha a lo que no sabemos hacer nosotros, con el clima que prosigue su marcha, como si pudiéramos subirnos con él al tren de los satélites, estrellas y planetas.

Y por acabar la primera calle recorrida, no me olvido de la perfumería, productos hay ahí para maquillarse durante varios años, pero con tanto aparejo intuyo que la gente saldrá sin maquillar a partir de ahora, aunque he de reconocer que para ponerme mis dos mascarillas, yo me pinté los labios por error esa tarde, menudos mejunjes nos esperan…

Ya apenas quise ver más tiendas, ni pensar mucho en ellas, un desastre total, le dije al sol que me escuchaba telepáticamente, porque la siguiente calle estaba igual de desierta.

El local del dentista me preocupó bastante. ¡Haría falta confianza plena! Y la asociación de baile de manchegas del piso en alto... Y la tienda de bolsos... Y la de alta costura tan colorida y perfecta... Y la cafetería de los desayunos...

Más práctica me pareció la tienda de la mercería, mascarillas aparte, yo creo que volveremos a coser más a menudo.

Algo menos práctica me pareció la tienda de las hierbas, aunque nunca se sabe qué necesidades tendremos en pandemia, ojalá las hierbas la curaran de raíz para siempre, ¡todos a comprar a la herboristería! ¿Se imaginan?

Un desastre habrá sido seguro para la tienda de viajes y otras tiendas de enfrente. Una hecatombe para la tienda de trajes de novia, aplazando bodas y ceremonias.

Y el mercado, ¡el mercado, no!, se nos ha hecho fuerte para llevarnos a casa algo tan necesario como los alimentos... ¡Bien por él!

Apuré el paso, comenzaron los aplausos y los balcones se llenaban de gente, algunos con acordes del Dúo Dinámico resistiendo en las alturas.

Un perro suelto y otro muy atado me encontré en un árbol. Y mi farmacia protectora enfrente. Cuando llego, me cuentan que ya se han acabado las mascarillas por las que he asumido el riesgo de que el sol me diera en plena cara. Y aunque el sol nunca engaña, tan kafkiano el dependiente como yo hablándole a un metro de distancia, se reflejó en mi cara el astro rey a través de un rayo perdido en esa tarde, y me disimuló la pena y el llanto que me provocó haber salido, casi para nada.

Dentro de la farmacia, la que debía ser dueña del perro, compró la última mascarilla. Como favor, el joven me vendió una que era anti-polen, la cogí, ¡cómo para no cogerla!, la pondré en mi colección, dicen que con el paso del tiempo va a haber en todos los supermercados, hasta al buzón nos llegarán, pero para eso puede que falte mucho tiempo: primero serán los sanitarios, los transportistas, los cuidadores, los enfermos, los trabajadores de los supermercados...

Compré la mascarilla y pasó mi nombre a una segunda lista, aún espero que llamen.

Me vine a casa muy deprisa, al salir de la farmacia, aquel rayo de sol me perseguía. Parecía que no se había enterado que estábamos en pandemia y se empeñaba en brillar al final de la tarde, y adentrarse como fuera en todas las tiendas a través del cristal de los escaparates apagados, en esta primavera robada que no se entera que mi ciudad estaba soleada y viva, pero no estaba, no era ella, aunque el sol salga todos los días para darnos su gran fuerza de hidrógeno y de helio, sin engaños comerciales con su mejor estrella.

Pero el brillante sol no me engañaba. Volví a casa y busqué su fuerza en la terraza, me resultó difícil encontrarla. Todavía la busco en las ventanas.

Creo que el sol se ha ido a consolar a los dueños y empleados de las tiendas cerradas, para que brillen más sus ventas y sus escaparates. El sol nos espera a todos, me parece que hasta se ha puesto mascarilla, de las más caras, de las quirúrgicas y con filtro, y nos protege sin engaños de virus insidiosos.

Me parece que todo ha sido un sueño, no he salido de casa.

El sol no engaña, porque estoy en la terraza y siguen los aplausos de los vecinos, creo que ni siquiera he ido a la farmacia.

EL VOLCADO

NADIE durmió esa noche en condiciones. Ni el chico que vino de Francia para opositar a una plaza de la Administración General del Estado. Ni su novia que lo esperó a pie del aeropuerto, viendo cómo atravesaba la zona de llegadas de Barajas, fundiéndose en un apasionado abrazo. Ni su madre que lo miró con todo el amor posible pero que apenas pudo darle un beso consistente, ya que el padre y los hermanos se lo quitaron literalmente de las manos. Ni su padre, ni sus hermanos, Alba y Fredy, que prefirieron llegar a Madrid para recibirlo, antes de poner todos rumbo a la costa para tomarse unas merecidísimas vacaciones.

El chico no durmió lo suficiente porque había que leerse mil supuestos prácticos e intentar analizarlos. La novia tampoco pudo dormir porque era la primera vez que iba a acompañarle en un viaje vacacional compartiendo habitación. Los padres porque necesitaban ser conscientes de que estaban en la capital de España antes de abordar el siguiente y complicado día. Los hermanos porque se dieron una vuelta por la zona de copas de un Madrid de fin de semana movido y bullicioso a pesar de que el verano ya estaba mediado y a la gran urbe le faltaban un millón de personas, por lo menos.

El caso es que todos debían madrugar para acompañar al chico a uno de los últimos exámenes, quizá el definitivo, donde la suerte o tal vez la sapiencia y constancia decidirían quiénes se quedarían con una de las sesenta plazas que la administración había ofertado para ellos.

En los exámenes no se le dio mal del todo, salió contento, hasta animoso y casi convencido de aprobarlo todo, incluso la oposición general con la consabida plaza, pero para ello lo peor era que antes debía hacer el volcado de todo lo expuesto en papel; si así lo hacía, la exposición y lectura, la defensa de lo escrito se entendería mejor, el volcado era necesario, aunque la familia al completo estuviera esperándole toda la tarde con la promesa del mar y del sol.

Utilizaron para el volcado uno de los hoteles de la Gran Vía madrileña, sus amplios salones sirvieron de espacio fresco y acomodado para tal fin. El chico apenas comió, probó un bocado. El resto tomaron combinaciones de todos los tipos en lo que fue una comida informal: bocadillos, platos combinados, hamburguesas, batidos, fruta, etc.

El chico se centró totalmente en el volcado, el resto del grupo eran testigos de la tarde, del descanso, del tiempo disfrutado, de las compras, de la observación de la calle y de la terraza del bar del mismo hotel que a esas horas de la tarde ya mostraba un lleno casi pleno.

El volcado proseguía con una concentración tal en aquellos salones y el opositor apenas si atendía las distracciones que allí se producían.

Una familia entró y se aposentó en uno de los rincones de la sala, a sus integrantes se les notó algo cansados, sus extendidas extremidades en los sofás daban cuenta de los múltiples pasos dados por esos andurriales madrileños. Aparentemente descansaron, pero no parecían estar muy cómodos allí. Tal vez esperaban un vuelo, un tren o un autobús en unas horas, o era el mismo coche quien les llevaría a su nuevo destino. Quien parecía ser el padre de toda aquella gente menuda se durmió durante unos minutos, ¡vamos, que se quedó traspuesto!, con algo más que una trasposición, una buena cabezada, con atisbos de ronquido y salidas de aire al estilo locomotora, mientras la que parecía ser la madre estuvo pendiente de que los dos o tres chiquillos no se molestaran entre ellos y que tampoco molestaran al resto de alojados. Un grito de uno de ellos, seguido de una risa hizo que el hombre se despertara sobresaltado y que todos se levantaran, buscando otra solución mejor a su improvisado descanso.

El volcado proseguía a buen ritmo aunque era un proceso lento, si lo que había que volcar se había realizado en tres horas, el volcado superaba esa cantidad de tiempo, en dos horas más por lo menos. El chico se veía ganador de uno de los puestos de trabajo ofertados, muchos volcados hubo como ese, muchos fueron los esfuerzos de otros días, los viajes realizados, los datos estudiados, los detalles memorizados, recordados, escritos, leídos, los análisis debatidos, los textos transpuestos, todo era una labor meticulosa para no dejar ninguna idea en el aire o injustificada, era necesario vigilar el orden de las palabras por si se había incurrido en falta de exposición desordenada. El chico estaba concentrado, y el volcado proseguía a buen ritmo.

La tarde estaba apacible, todo lo apacible que puede estar esta zona comercial, vimos que un autobús había aparcado frente al hotel, los viajeros hacían cola para ir subiendo, la familia de los niños inquietos y el padre con sueño subían a él. Lo mismo que subieron se acomodaron en los primeros asientos y el auto circuló avisando con sus luces de intermitencia.

Otro autobús se acercó, parecía que sus ocupantes iban a ser los invitados de una boda, a juzgar por sus atuendos, fracs, trajes largos, colores vivos y floripondios, el padre se aburrió de mirar por el balcón con esa escena y estiró las piernas sobre un escabel hasta quedarse dormido.

Un grupo de chicas y chicos jóvenes junto con un adulto entraron en la sala, riendo y haciendo más ruido del que normalmente se aceptaría en el otro grupo. Se sentaron, hablaban en inglés, reían, disfrutaban de una especie de dinámica de grupos, todos discutían, todos reían, todos hablaban por turnos, todos parecían jugar a algo gratificante, al final se dieron la mano, una mano común quedó formada en el centro de la circunferencia que formaban, una mano tendida para que todos los jóvenes quedaran unidos en ese momento de unión y sinergia.

El volcado del joven opositor proseguía a buen ritmo, ajeno a juegos y dinámicas educativas y sociales.

De pronto, desde el exterior se escuchó un gran estruendo, justo enfrente del hotel, un coche había chocado con otro por detrás, tanto un conductor como el otro quisieron evitarlo, pero se hizo tal carambola en la calzada que al turismo de detrás le sobraba demasiada fuerza y volcó en plena avenida. Tras el estruendo, sobrevino un profundo silencio.

—¡Ha volcado! —se escuchó el grito femenino descarnado de Alba, tal vez la única persona que en ese momento miraba a la calle.

—Por poco se mete en el jardincillo de la rotonda —se alarmó Fredy, atisbando todo lo que podía.

Los coches se detuvieron, el autobús de invitados de la boda paró el motor. Hay quien se quitó la americana recién salida de la tintorería o de los grandes almacenes, mostrando una camisa almidonada y con apresto. Desde la sala del hotel se llamó de inmediato a la Policía, a los Bomberos, porque aún había ocupantes dentro de los coches, una chica salió como pudo, vestía de tiros largos color fucsia, un zapato lo llevaba cojo, sin tacón, y era patético verla caminar por los alrededores de la rotonda. Ella parecía conocer al de las mangas de camisa almidonada, por lo que se pudo deducir que ambos iban a la boda y precisamente el coche volcado debía parar allí para que alguno de sus ocupantes se apeara y subiera al autobús. Quizá para no volver conduciendo tras la jarana.

Poco a poco los ocupantes de los dos vehículos siniestrados fueron saliendo, nerviosos, se sacudían las manos y comprobaban que sus brazos, piernas y trajes estaban completos. Eso sí, sus ánimos desolados. El padre llamó a una ambulancia pero ni Policía, ni Bomberos, ni ambulancia llegaban.

Los chicos y chicas ingleses del hotel, ya desunidos de las manos, lanzaban suspiros en inglés, si es que los suspiros tienen idioma, suspiros que nadie podía descifrar, pero que todos suponían de susto, empatía y lástima, y andaban arremolinados en uno de los balcones del hotel. Como no entendían nada de lo que aquel autobús representaba, desistieron de seguir mirando. El monitor decidió que se irían a descansar a sus habitaciones hasta la hora de la cena.

A nuestro grupo le daban ganas de bajar y ayudar en lo que fuera, pero entre cinco forzudos invitados de la boda, sin saber si el novio estaba entre ellos, movieron el coche volcado de la rotonda, que se interponía al paso de los demás coches, pues nadie había prohibido todavía la circulación en ese tramo ni siquiera se había puesto algún triángulo de emergencia. Recogieron los cascotes rotos de espejos, cristales, tapacubos y retrovisores, hicieron fotos con los móviles plasmando la disposición de los coches accidentados, y finalmente limpiaron la calzada como pudieron, sin olvidarse de dar a la chica de fucsia un buen trago de agua para que se le pasara el susto. Ella se sentó en el bordillo de la rotonda con su tacón roto, levantándose toda nerviosa de vez en cuando, y cojeando en exceso, lo que el zapato y el cambio de nivel le obligaban a hacerlo, esperando a quien parecía ser su pareja. La mayoría de los ayudantes del volcado sudaban y quedaron con sus brazos al descubierto, grasientos y con chafes en sus mejores ropas.

Nuestro opositor aún seguía en lo suyo, con su propio volcado, habían sido testigos de dos volcados muy diferentes: el primero, el que podría cambiar la vida al grupo familiar; y el otro, el que les hacía ponerles en el lugar del grupo de invitados alegres y entusiastas por celebrar una gran fiesta de unión de pareja, o una idílica boda.

De momento, ni una fiesta ni la otra se podían celebrar, la del opositor porque el volcado, aun estando terminado, había que refrendarlo de nuevo en otro examen; y la otra, porque los retrasos de las fuerzas de ayuda y solidaridad llevarían tanto tiempo que la chica de fucsia temía lo peor, es decir, no podría asistir a la boda.

La primera ambulancia llegó, la joven pasó por sus propios medios levantándose la cola fucsia y mostrando su mejor y femenina figura, más propia de una sala de fiestas que de aquella rotonda maldita que le había volcado todas sus esperanzas de lucimiento. Tal vez la novia era su amiga, o su prima, o su propia hermana…, todos llegarían tarde a la ceremonia y lo peor, con el coche destrozado, pero también el autobús llegaría tarde al acto, tal vez todo el ceremonial acabaría retrasándose para los invitados.

Los ocupantes fueron pasando por la ambulancia igual que fueron saliendo, aparentemente sin vendajes, ni tratamientos aparatosos o visibles.

El opositor se asomó al balcón, curioso por los muchos comentarios que no le habían dejado trabajar a gusto y dijo por fin lo que todos esperaban:

—Ya he terminado el volcado.

—Ellos también han terminado el suyo, ahora mismo ha llegado la Policía para poner derecho el coche —dijo el padre.

—Ellos les ayudarán. Creemos que no hay víctimas, solo ha sido una mala tarde -dijo su hermano Fredy.

—Entonces, ¿nos vamos? —-preguntó a modo de confirmación su hermana Alba. La pregunta quedó en el aire tras una tarde larga y calurosa.

—Sí, vámonos -corearon casi todos menos el opositor.

—Pero, debíamos colaborar un poco, quizá necesiten nuestra ayuda… —seguía intercediendo el joven—. Los del autobús se están volcando con ellos, otro volcado, tal vez necesiten que les llevemos a algún sitio. ¿Seguro que no podemos hacer nada?

—Sí, vamos a preguntarles —insinuó la madre—. ¡Son tantos los volcados de esta tarde! ¡Ya van tres!

Y los seis bajaron a la avenida para ver qué podían hacer por aquel desgraciado choque y volcado, que impedía a un grupo de desconocidos celebrar una boda. Lo seguro era que aquella Gran Vía y su hotel de los frescos balcones volcaron las esperanzas de muchas personas. Y sería para ellos el hotel del volcado. Ahora, la costa les esperaba para volcarse frescamente en sus olas.

CUENCA Y EL MADRIGAL FANTASMA

EL cielo baja limpio y azulado, aseado de nubes. Los kilómetros nos saludan raudos, impetuosamente se precipitan sobre nuestros neumáticos. Dos horas y media de camino y ya estamos llegando. Cuenca nos dice ¡hola! con su mejor paisaje. ¡Enhorabuena! Parece que intenta decir el aire. Hace poco más de un mes que envié un trabajo literario que gustó a los conquenses hasta el punto de llegar a premiarlo.

Bajo la ventanilla y se enreda mi larga cabellera junto a mis limitados pensamientos, fruto de vanidades. ¡Lo han premiado! ¡Ganó mi Monteverdi! A cambio de la dotación, pues no recuerdo bien en qué consiste, debo hacer mía la ciudad que premia mi trabajo. Esta mañana vengo muy decidida a adoptar Cuenca. A partir de hoy serás mía, Cuenca de piedra, Cuenca encantada, Cuenca pictórica o Cuenca literaria; Cuenca colgada en ilusión de nubes o Cuenca ya despierta, insomne, desvelada; la Cuenca del silencio o de la música; una Cuenca entre ríos o una Cuenca salvada de las aguas.

Las curvas de entrada a la ciudad me hacen volver al entramado de la carretera. La radio emite ahora una extraña sintonía barroca. Algo mareada, intento mirar al frente. Un pájaro azul sobrevuela el vehículo de una manera mágica. Continúa el mareo y empieza la jaqueca.

—Apaga la radio, por favor —digo aturdida.

—Está apagada —me dice él muy sorprendido.

—¿Y esa música?

—¿Qué música me dices?

—Es ese órgano. No para de repetir la misma melodía.

—Estás cansada. Será el viento que choca en las colinas. No hay órgano que valga.

Cierro los ojos y el pájaro azul de mi delirio continua volando en mi cabeza al ritmo de un compás repetitivo. Persiste la jaqueca. Después creo que me quedo dormida.

...

—¡Vamos, despierta! Ya hemos llegado.

...

Jamás pensé que darían tantísima difusión a uno de mis escritos. Estoy como entre nubes. Encantadores, esa es la palabra. Bueno, antes que nada, son generosos y agradecidos. Perfecta esta mañana. Así se deben organizar los actos culturales.

Está visto que hoy en esta tierra todo el mundo regala paquetes de sonrisas. Al mismo tiempo de la entrega de premios, la Cuenca que acabo de adoptar recibe un gran regalo, un regalo sorpresa, aunque por otra parte, por todos esperado: desde hoy será Patrimonio de la Humanidad. Si una ciudad es propiedad del mundo y se hace divisible en cachitos, a poco tocaré yo, pobre viajera. ¡Lo siento, humanidad! Yo llegué antes. Mi decisión de querer adoptarla fue primero. Os la arrebataré, tenedlo por seguro. Al mundo se la quito. Hoy Cuenca será mía.

Nos hemos despedido dejando unas promesas y algún posible amigo. El coche se ha quedado aparcado al otro lado de ese puente famoso que tiene todos los elementos para ser juguetón con el amor primero. ¡Curiosa sensación! Al caminar por él vuelvo a notar la presencia del pájaro azulado y fantasmal del viaje. El abismo invita a no mirar abajo, pero siento su especial aleteo muy cerca de mis pies y de mi espalda. La melodía que ya escuché en la radio del coche insiste también machacona en los oídos. A intervalos la oigo durante mi paseo en las esquinas con ruido de alto vuelo de un ave distraída.

—No te extrañe. Tu trabajo premiado versaba sobre Monteverdi. Tú contabas que su espíritu se hallaba en Cuenca sobrevolando los mejores rincones de la ciudad. Eso te pasa por invocar a personajes del más allá —y cambiando la voz—. Tu historia se ha hecho realidad por estas calles. El genial compositor te persigue... —bromea él asustándome.

Recorremos parte de la calle de San Pedro. Bajo un arbolillo me dispongo a posar para una foto. Molesta con sus bromas y con los resquicios de mi jaqueca, apenas sonrío. De pronto, él deja de enfocar y dirige su mirada hacia arriba. Con gran asombro yo vuelvo a divisar ese pájaro azul y caprichoso que nos sigue. Al fin puedo demostrarle que no son fantasías, está allí sobrevolando nuestras cabezas con una maestría inusitada. Parece querer decirnos algo. Por la calle de San Nicolás lo seguimos, nos lleva a San Miguel.

Si, do, re, sol, si, la, si, do, re, sol, fa, mi, re, do, si, si, la, sol, fa, re. El eco musical de un órgano sonoro y celestial nos da la bienvenida.

—¡Monteverdi! ¡Es un madrigal de Monteverdi! —digo.

Andamos por una zona principal de la Iglesia. En ese marco mezclado de gótico y románico lo barroco reclama su presencia.

Si, do, re, sol, si, la, si, do, re, sol, fa, mi, re, do, si, si, la, sol, fa, re.

El órgano repite esas notas y las lanza hacia arriba de forma cariñosa a chocar de una forma melódica con las antiguas piedras. Sin embargo, en el noble auditorio, el órgano ancestral es manipulado fantasmagóricamente. Me asusto, parece que no lo toca nadie.

—¿Quizá una grabación? —me dice él.

—No, no, es música en directo. La respiran las piedras, lo noto, se esparce por la iglesia. ¡Es Monteverdi!

¿No oyes? ¡Ha vuelto! Mi historia no era de fantasía. Es Cuenca agradecida, una ciudad divina, te lo dije. Aquí todo puede ser cierto.

Embriagados de magia recorremos el casco antiguo. Preguntamos dónde podríamos escuchar más música barroca. En Turismo nos dicen que en San Miguel y en breve plazo comienza la Semana de Música Religiosa y será inaugurada con una destacada composición de Monteverdi. Pero que hoy, nada, ni el más mínimo ensayo ha sido programado en la totalidad de las iglesias conquenses.

Nos miramos y el pájaro eléctrico y azul sonríe en las retinas de nuestros ojos con la mayor sorpresa.

Definitivamente, adopto esta ciudad que alimenta las almas y la vista con la mejor mirada junto al dulce sonido de este compás barroco.

No tengo más remedio que pedírsela prestada al mundo, a esa Humanidad que hoy la adquiere para su Patrimonio Universal de bienes colectivos. Lo siento, hoy Cuenca me pertenece a mí. La he comprado con los ricos tesoros que guarda la memoria. Intentaré envolverla en el papel brillante que nos deja el recuerdo y con el lazo azul que anuda la nostalgia.

Mientras le digo adiós, el pájaro celeste atraviesa las nubes de las Casas Colgadas y deposita en ellas algo muy parecido a un pentagrama; ya distingo, es la partitura de un viejo madrigal de un lirismo amoroso y por siglos distante.

LA CHICA DE LOS "ARMAOS"

HACÍA meses que lo tenía decidido: este año quería participar en la Semana Santa de Almagro y, aunque fue una decisión muy premeditada, pronto en casa comenzaron los nervios y dificultades para elegir procesión y cofradía.

Durante las semanas siguientes mis familiares y amigos me fueron exponiendo sus razones y, una por una, me hicieron la presentación de todas las hermandades, explicándome un poco sus orígenes y avisándome de los días y horas de sus procesiones de penitencia.

Mi madre me dijo que si elegía la Hermandad de Nuestra Señora de la Soledad y Santo Entierro, existente nada menos que desde 1573, saldría el Viernes y el Sábado Santo por la noche con una elegante túnica de terciopelo negro y una capa de raso blanco, pero enseguida mi padre la hizo cambiar de idea diciendo que, siendo chica, lo más acertado sería que comprásemos blonda en lugar de terciopelo, bueno, aunque no fuera blonda artesana y auténtica como la que hacía mi bisabuela Vicenta que esa sí que está ahora bastante valorada. En realidad lo que mi padre quería era verme con mantilla, clavel rojo y zapatos de tacón alto, o sea lo más guapa posible al lado de la Virgen.

Mi abuela Nieves me informó, muy pícara e interesada por ser esta la Hermandad de toda su familia, que eligiera la de Jesús Rescatado que fue fundada en 1957; así me vestiría como los auténticos nazarenos, con túnica morada y capuce también morado, saldría del barrio de La Magdalena el Miércoles, Viernes y Sábado Santo.

Mi tía Rosa me sugirió, con voz misteriosa y entre susurros, que eligiera la Hermandad de Jesús de las Tres Caídas, creada como poco en 1827, y que acompañara a nuestro querido Señor de San Juan con túnica morada y cordón amarillo o a su Virgen de la Esperanza con la túnica verde del precioso color de su manto. Me dijo que tendría que hacerlo a las doce de la noche del Jueves Santo en la procesión llamada del "Silencio" que era una de las más auténticas y también el Viernes Santo en la procesión llamada del "Hambre", procesiones las dos de gran penitencia.

Mi vecina Carmen me animó a ingresar en la de Santiago, antigua cofradía que desde 1609 celebra en verano su patrón pero que hasta 1953 no participó en la Semana Santa de Almagro con su Cristo de la Agonía. Carmen me dijo que también podía ingresar en la Banda de Tambores y Cornetas, la cual estaba llena de chicas y chicos de todas las edades, con la Hermandad de Santiago podría desfilar el Viernes Santo por la mañana y por la noche.

Mi amiga Laura es tamborilera y desfila desde hace años en la Banda de Cornetas y Tambores de la Hermandad de la Vera-cruz, lógicamente, ella también quiso llevarme a su terreno. Le daba lo mismo que yo tocara un tambor, una trompeta o que me vistiera de color almagre o con capa azulada, ella lo que quería era que procesionáramos juntas como buenas amigas que somos, la verdad es que llevaba muchos años diciéndomelo y nunca le hice caso. Me habló muy satisfecha de la ermita de Santa Ana; cuando le pregunté si era muy antigua me respondió que una placa en su portada indica que data del siglo XVI pero que fue en el siglo XV cuando se fundó la Vera-Cruz en Almagro, concretamente en 1470, porque lo miró en unos papeles muy antiguos que un día le enseñó su tío Dani, jefe de la cofradía.

También me contó que tienen los pasos más artísticos de todas las hermandades del pueblo —¡qué iba a decir ella!—, como son La oración en el huerto, El beso de Judas, la Virgen de los Dolores y Jesús Resucitado, y por querer convencerme hasta me dio la dirección en Internet: exclaveracruz@hotmail.com, por si quería escribirles.

Yo estaba hecha un lío, todas las hermandades me gustaban, todas tenían algo de interesante y tradicional para ser elegidas; hasta mi hermano Luis me quiso convencer para que me apuntase a la Escuela de Música para aprender un instrumento y después salir, como él, en la Banda Municipal, eso sí, en la mayoría de las procesiones, él decía que así estaría más reconocida como música y aprendería partituras de todos los estilos artísticos. Además, me dijo que nuestra banda era una de las más importantes de la provincia, tan antigua como del lejano año 1863 y me recordó que últimamente habían grabado un disco con gran éxito.

Acabé en un mar de dudas, túnicas y nazarenos, de hermandades, clarinetes, tambores, trompas y trompetas..., cuando un recuerdo "semanasantero" del año pasado fue el detonante que hizo que me decidiera por una cofradía o mejor dicho por una compañía: la Compañía Romana. Fue cuando acompañé a mi abuela a San Bartolomé a visitar el Sagrado Monumento, era la primera vez que lo hacía, fue tanta la devoción y el silencio que había en el templo que no pude menos que fijarme en el "armao" que guardaba el florido Monumento del Santísimo. El joven "armao" hacía guardia con tanto respeto y penitencia que parecía un auténtico soldado romano de la época. Pensando en el recuerdo de su rostro iluminado decidí formar parte de la Compañía Romana y así se lo hice saber inmediatamente a mi abuelo Francisco, antes que los demás pusieran el grito en el cielo, estaba segura que él me apoyaría. Cuando lo hice, me miró con cierta extrañeza, ¿estás segura?, segurísima, le contesté sonriendo, quiero ser "armao", soldado romano, armada o soldada de esa soldadesca de la que tú tanto me has hablado. Creo que mi sonrisa y mis ojos denotaban tal seguridad y mis palabras fueron tan convincentes que ya no hubo necesidad de que me hiciera más preguntas. Al día siguiente, me llevó a casa del comandante, el jefe de los "armaos", muy amigo suyo, y le dijo, aquí, la chica que quiere entrar en la compañía. El comandante nos alertó de que tenían un reglamento muy estricto con 49 artículos, nada menos que desde 1773, reglamento que él guardaba como oro en paño. Yo le hablé de las guardias en las iglesias y me ilusionó diciéndome que puede ser que algún día yo pueda hacerlas, y también participar en el sorteo de la bandera, pero que ahora tenía que sufrir los ensayos y la instrucción como cualquier soldado.

Escuchando a mi abuelo Francisco y a aquel señor yo me veía vestida de oro, de plata y rojo grana con la lanza apoyada en el hombro y la armadura y el casco de moña blanca o roja meciéndolo sin cesar a los rayos del sol del Jueves Santo. Me veía yendo de casa en casa reclutando al resto de la tropa con mi corneta, con mi tambor o simplemente con mi lanza formando precisamente así, lanza a lanza, compañero a compañero, codo a codo, una gran cuadrilla. Me veía haciendo el caracol con gran expectación el Jueves, el Viernes y el Sábado Santo, enroscándome y desenroscándome, dando vueltas y más vueltas caracoleadas en la Plaza Mayor y, sobre todo, me veía como un soldado, muy parecido a los verdaderos romanos legionarios del tiempo de Jesús, un soldado raso, bueno y raso de esos que dudaron de si Cristo crucificado era el verdadero Dios, de los que ayudaron a desclavarlo, a desatarlo y, a escondidas, bajarlo de la Cruz.

Los dos hombres hablaban entre risas, orgullosos de su superioridad y fama, a veces se mofaban de otros "armaos" cercanos, también muy pintorescos pero criticados porque sus corazas parecían de hojalata pintada en purpurina cual estufa de leña del invierno acabado. Recordaban el sonido importante y maravilloso del cornetín de órdenes y del simpático ejército de almagreños y almagreñitos que formaban cada primavera unos soldados tan vistosos, tan marciales e impregnados de tanta disciplina.

Yo estaba deseando de encargar el uniforme, añil y rojo, dorado y plateado, que tanta ilusión le hacía a mis jóvenes años. Mi abuelo Francisco me dijo que me lo regalaba a condición de que lo mantuviera siempre brillante y lo sacara reluciente todos los años. Le tuve que prometer que así lo haría.

Ya ha llegado la Semana Santa, he ensayado como el mejor soldado de instrucción. Este año saldré por primera vez con los "armaos" porque me siento armada para entender y representar el misterio de fe y amor de Jesús en cada caracol, en cada iglesia visitada y en cada monumento a Cristo consagrado.

Antes de estrenarme con mi desfile de inauguración el comandante nos ha leído a todos el primer artículo del Reglamento, uno de los más importantes para los "armaos" y creo que para los integrantes de todas las cofradías y hermandades de la Semana Santa de Almagro; dice que debemos "dar culto y brillantez a las funciones que celebra la Iglesia en los días de Semana Santa". Eso haremos y eso haré.

A algunos en mi casa y en mi barrio les ha extrañado un poco mi decisión y bromean llamándome la chica de los "armaos" pero la respetan cuando les demuestro que siempre llevaré con orgullo su bandera, la bandera de haber pertenecido y de pertenecer a la centenaria Compañía Romana de Almagro.

EL ROJO TENUE

ES algo extraño, solo poner hoy la televisión y ya me ha ocurrido. Sé distinguirlos, sé cómo diferenciar a los unos de los otros, al menos en la pantalla, creía que no iba a ser capaz, ellos tienen los medios para que las masas no lleguen a detectar sus secretos, pero algo ha ocurrido que me permite detectarlos sin asomo de duda, estoy segura que la mirada, mi mirada tiene mucho que ver, sí, es la forma de mirarlos, si quieres con desconfianza, si quieres con detalle, si quieres con medida o con expectación, valorando sus movimientos, anticipándome a sus palabras, a menudo cargadas de falsedad y manipulación, es lo que me permite hacer una radiografía del halo que les acompaña, aparece una luz tenue, algo rojiza que se pega a su silueta como una marca personal y divide a los seres humanos como un semáforo de color que me anuncia el peligro en mis ojos y en mi cerebro.

Lo he comprobado, he tratado de mirar de la misma forma a los miembros de mi familia y no ha sido así, también a algún vecino, y no ha sido así, también en el espejo a mí misma y no ha sido así. En la televisión es fácil detectarlos, los hay a miles y el rojo tenue pulula a sus anchas, les arropan sus propósitos pero también les descubre sus intenciones. La pantalla televisiva pierde sus colores originarios y se convierte en un plasma rojizo, incluso con los presentadores más veteranos, incluso con los comentaristas más llenos de credibilidad y los menos sospechosos, es alucinante.

Creo que de momento solo me ocurre a mí, es como una antena especial, nadie ha hecho comentario alguno en redes sociales aún, ya saben, la chivata Internet nos sopla todo, no ha llegado todavía el rojo tenue a Google, pueden comprobarlo, ni a la Wikipedia, se diría que nadie sabe qué es eso. Es posible que me esté volviendo loca o que haya descubierto un sentido cromático en mi cerebro. No sé si la sinestesia tiene algo que ver. Puede que sea pasajero pero de momento me servirá para defenderme de ellos, para alejarme de sus promesas y de su poder de convicción, ahora sé que no son tan poderosos, no conmigo, no con mi gente, habré de usar yo también mis pequeños poderes para contrarrestar su poderío, nunca más me sentiré delante de ellos tan vulnerable.

Me he subido al ascensor con algo de miedo, de pequeña me lo decía mi madre, "no subas nunca a un ascensor con un desconocido". Me resuenan las palabras mientras recuerdo mis grandes ojos abiertos al mundo. Y no lo hice nunca, de pequeña claro, porque de mayor no es tan sencillo, el ascensor se abre, tú estás sola y de repente alguien llega, no te da tiempo a buscar una excusa para no subir acompañada, una razón para darte la vuelta, no puedes simular una llamada, ni un olvido que no suene a falso, no puedes generar una vuelta atrás porque ya has subido y aunque sabes que no has debido subir, sabes que no hay vuelta atrás. Y he subido con miedo, con una gran intuición de terrible miedo que creo rayaba en el pánico o terror, también con la seguridad de que ese hombre trajeado y con corbata verde que me acompañaba en el ascensor era uno de ellos. He tenido miedo de mirar su halo de luz por si era rojiza, miedo de encontrarme con su mirada impúdica que me hace ser transparente, miedo a que se dé cuenta de mi miedo y eso me ponga a mí más nerviosa y temerosa aún y no acierte a salir de esta incómoda situación. Puede que él sepa de mi descubrimiento, de mi pavor a encontrar mis ojos con sus ojos. Encima, como suele ser habitual, no hay palabra ni qué decir que venga a suavizar la odiosa situación que sube la tensión in crescendo como el mismo ascensor sube y sube, esa es la sensación, o quizá no suba tanto, quizá solo haya subido a un tercer o cuarto piso y soy yo y mi tensión la que creo que sube disparada, ninguno de los dos hemos recurrido a conversaciones sobre el tiempo, ¿para qué? No se debería nunca hablar del tiempo en un ascensor, de ningún tipo de tiempo, ni del tiempo climatológico ni del tiempo del reloj, porque ambos se utilizan para desenmascararnos en un odioso y estrecho rincón tirado por poleas que nos transforma como lo saben hacer solo los habitáculos estrechos, cerrados e inhumanos.

El ascensor sube, siempre sube, y nosotros con él, el piso donde ha de parar sigue siendo un enigma, el ascensor reúne a personas extrañas que no se reconocen, ni se recordarán después, no tienen memoria los ascensores, ni siquiera una memoria de una millonésima de segundo porque los hombres y mujeres evitan mirarse a los ojos como yo lo estoy haciendo ahora. Y supongo que él ya se dio cuenta. Y eso me hace subir el miedo pudoroso para que sea más vergonzante y miedoso. Pero en su aparente normalidad, el ascensor nos ayuda a pensar que enseguida parará, que es cuestión de un instante y, ¡zas!, la puerta se abrirá para el suspiro aliviado y compartido y el nuevo movimiento de los pies de sus apurados y enlatados viajeros, y enseguida cada uno por su lado, y si te he visto no me acuerdo. No podía consentir que eso ocurriera, en el inacabable ascenso a no sé dónde, yo debía tomar cartas en el asunto y comprobar el halo, el aurea de mi compañero de viajes verticales de ese día. Miré de reojo, pero no vi nada que pudiera perturbarme, sin embargo, el rojo tenue que me acechaba en los últimos días a modo de escudo protector, porque sus irisados colores me avisaban de que ellos estaban allí y me podían hacer daño. Miré más de reojo aún y en el espejo del ascensor se hallaba la prueba de que mis miedos no eran infundados, la figura del hombre se reflejaba de un color rojo sangriento, eran borbotones de sangre lo que el asfixiante ascensor rezumaba en el cristal del espejo, traté de salir corriendo, la escapada me hizo teclear varios botones del elevador de una manera torpe, el hombre muy solícito, me preguntó:

—Señorita, ¿le ocurre algo?

—Es claustrofobia -le dije sin un ápice de convencimiento.

—A mí también me pasaba eso, ahora tengo mis trucos.

Sus trucos, por Dios, que no conociera nunca sus trucos. Traté de salir de allí, milagrosamente la puerta se abrió y salí tosiendo como una desesperada, reproduciendo como a golpes de martillo el peor recuerdo de ver la sangre reflejada en el espejo.

¿Y si el problema estuviera en mí?, ¿y si estaba sufriendo manías persecutorias?, entonces no existiría temor alguno, estaría libre, todo estaría en mi cabeza, sí, seguiría sufriendo las amenazas pero en realidad no existirían, creo que preferiría esto último, y es duro decirlo, mejor que fuera mi cabeza la que no estaba bien amueblada, con tal de que la humanidad no estuviera así amenazada por estos sujetos sin escrúpulos y sin vocación humana y de servicio.

Buscar ayuda profesional sería lo lógico, o si no va a ser difícil vivir así, sobre todo en la calle. En casa, ante las pantallas es mucho más fácil, se dejan de enchufar, se les tapa el cristal o el plasma y por más adicción que haya puedes olvidarte, pero en el exterior es bien difícil compaginar los temores con las imágenes que nos acechan a cada instante.

Reconozco que lo pasé mal en el ascensor, logré desasirme de mi compañero, pero una nueva amenaza ha llegado hasta mí. He salido a la calle y no podré solucionar mis difíciles cometidos, uno era demostrar que podía salir y entrar sin miedo de casa, aun cuando la personas con las que interaccionaba me dejaran ver su halo colorado por el que sentía terror; el otro es un poco más complicado, debía acercarme a un lugar donde estos individuos estuvieran concentrados, sé que era esta una prueba de fuego, pero era necesaria. El primer lugar buscado fue el edificio del Ayuntamiento, me acerqué a uno de sus ventanales, pude ver mi rostro en su reflejo y noté que estaba pálida y con cara de chica asustada. Ellos en contraste, muy trajeados, con corbata y camisa recién planchada, entraban y salían, cruzaban a mi lado sin mirarme, yo asqueada busqué mis gafas de sol para librarme de ver tanta sangre chorreante en el cristal donde ellos se reflejaban.

Es curioso, por alguna poderosa razón las pantallas, los cristales y los espejos eran materiales aislantes de aquella podredumbre, de su falta de valores humanos y los reflejaba como lo que realmente eran, seres peligrosos a los que no debíamos jamás acercarnos por mucho que nos engañaran o nos prometieran. Allí los encontré concentrados, no había duda, intenté salir a toda prisa, pero vi algo que me hizo dudar de que mis raros pensamientos estuvieran solo en mi cabeza, y en un futuro solo un psiquiatra pudiera sacármelos a golpe de terapias y medicamentos adictivos que me hicieran parecer sedada y soñolienta. Un joven asustado y encogido me miraba desde lejos, me reconocí en él como en mis últimas semanas, hubiera jurado que de alguna manera él también experimentaba con las personas. Nuestras miradas se cruzaron y un ímpetu fugaz consiguió que el uno al otro nos fuéramos acercando, no sé si fui yo o fue él quien se movía, pero el espejo de los grandes ventanales nos reflejó juntos como dos seres iguales, dos seres gemelos sí, pero desconocidos, descubriendo una vez más, y esta vez juntos, el tenue rojo.

—¿Tú también lo ves? —le dije aventurándome a que ni me entendiera ni me diera respuesta.

—Sí, lo veo —me respondió comprendiéndome a la perfección—. Creí que estaba loco.

—¿Quiero decir, tú como yo, ves el rojo en los cristales?

—Sí, veo el rojo y les veo a ellos, y más que preocuparme, me dan miedo —reconoció asustado.

Me apoyé en su brazo y salimos andando, solo era el comienzo de algo, la juventud así tenía la respuesta, debíamos ser fuertes, pero ya no estaba sola, uno de ellos se cruzó ante nosotros y nos enfrentamos a él sin miedo con la mirada limpia, lanzando una afrenta de honestidad y valentía, la unión juvenil es nuestra fuerza, aunque ellos sigan con su aureola de sangre atemorizándonos.

—Verdaderamente es una casta a extinguir la de los políticos.

El joven me miró y sonrió. Teníamos mucho que contarnos. Juntos podíamos enfrentarnos y sobrevivir a sus tenues y rojas siluetas reflectantes. Esa es nuestra ventaja cromática. Ellos, obcecados por el poder, no distinguirán jamás la gama de colores, no sabrán nunca detectarnos entre las masas. El tenue rojo siempre estará ahí con sus regueros de sangre, pero ahora estamos preparados con nuestras almas de cristal y con las palmas de las manos en alto para decirles "basta ya de falsías".

Índice

El presente libro aparece
con el número 113 de la
Colección Literaria *Ojo
de Pez*, creada en 1988
por José Luis Loarce. Esta
primera edición consta de
mil ejemplares. Pertenece
a la Biblioteca de Autores
Manchegos de la Diputa-
ción de Ciudad Real